David Walliams

大衛・威廉幽默成長小說

搶救太空男孩
SPACEBOY

大衛・威廉（David Walliams）著
亞當・史托瓦（Adam Stower）繪
郭庭瑄 譯

晨星出版

蘋果文庫 157
大衛・威廉幽默成長小說 17

搶救太空男孩

Spaceboy

作者：大衛・威廉（David Walliams）
繪者：亞當・史托瓦（Adam Stower）
譯者：郭庭瑄

責任編輯：謝宜真｜文字校對：謝宜真、蔡惟安
封面設計：鐘文君｜美術編輯：張蘊方

創辦人：陳銘民｜發行所：晨星出版有限公司
407 台中市工業區 30 路 1 號｜ TEL：（04）23595820 ｜ FAX：（04）23550581
Email：service@morningstar.com.tw
行政院新聞局局版台業字第 2500 號｜法律顧問：陳思成律師

讀者服務專線：（02）23672044/（04）23595819#212
讀者傳真專線：（02）23635741/（04）23595493
讀者專用信箱：service@morningstar.com.tw
晨星網路書店：http://www.morningstar.com.tw
郵政劃撥：15060393（知己圖書股份有限公司）
印　　刷：上好印刷股份有限公司

初版日期：2023 年 09 月 15 日
ISBN：978-626-320-493-5
CIP：873.59　112008791
定價：新台幣 380 元

獻給艾佛瑞（Alfred），
我對你的愛大過宇宙。

爸爸

VAL BRATHWAITE
創意總監

ELORINE GRANT
藝術總監

MATTHEW KELLY
藝術總監

SALLY GRIFFIN
設計師

GERALDINE STROUD
公關總監

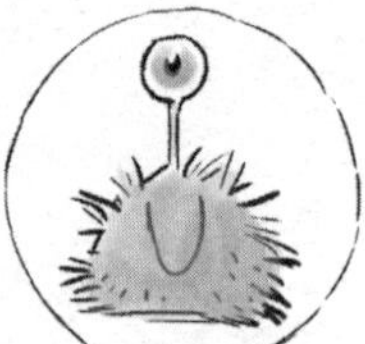

TANYA HOUGHAM
有聲書製作人

ALEX COWAN
行銷統籌

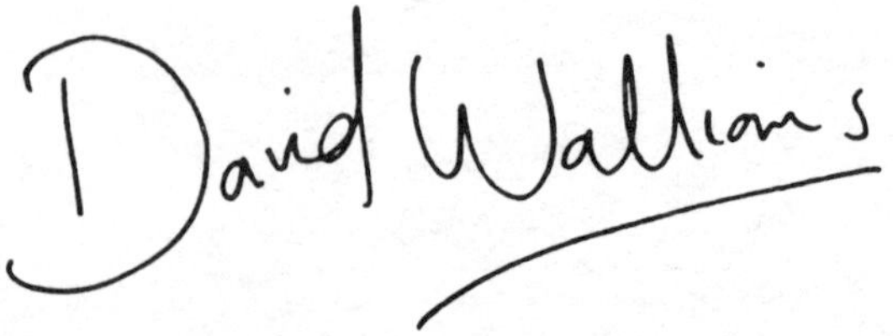

謝辭

我想感謝：

CALLY POPLAK
執行出版人

CHARLIE REDMAYNE
出版社執行長

ADAM STOWER
本書繪者

PAUL STEVENS
我的經紀人

NICK LAKE
我的編輯

KATE BURNS
美術編輯

目錄

第一部 火星上的生物

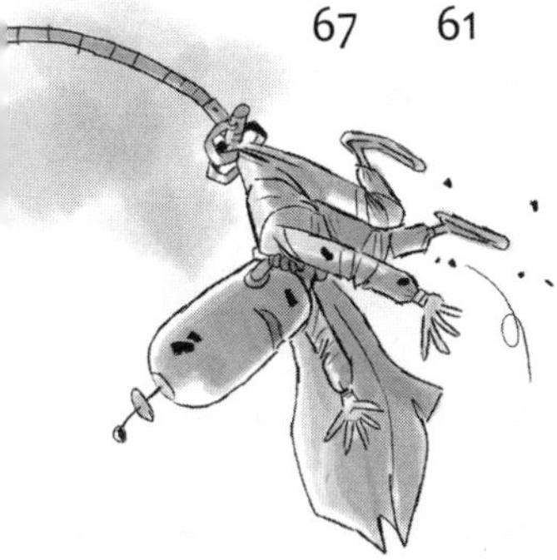

第二部　太空怪客

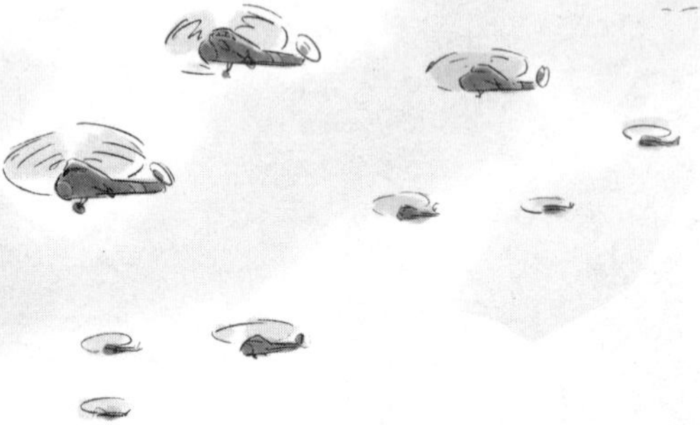

第三部　大家都愛外星人

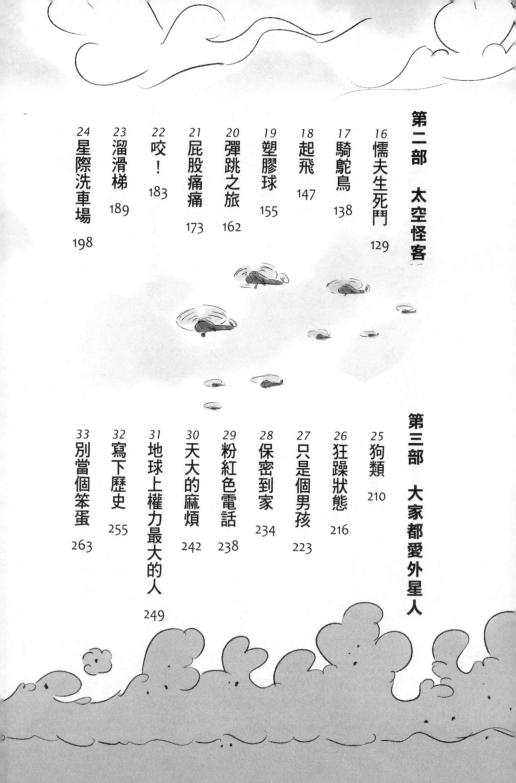

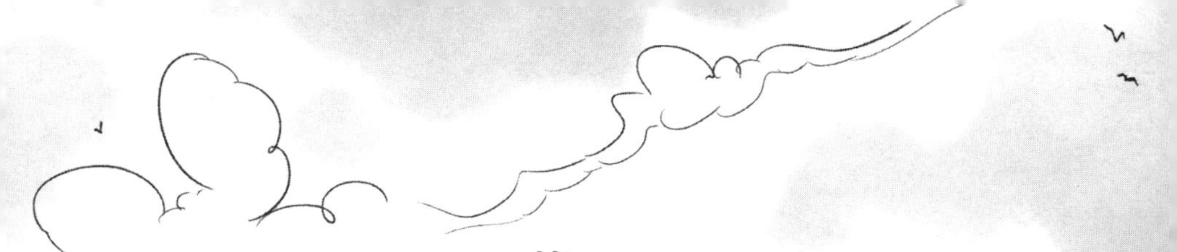

第四部 英雄

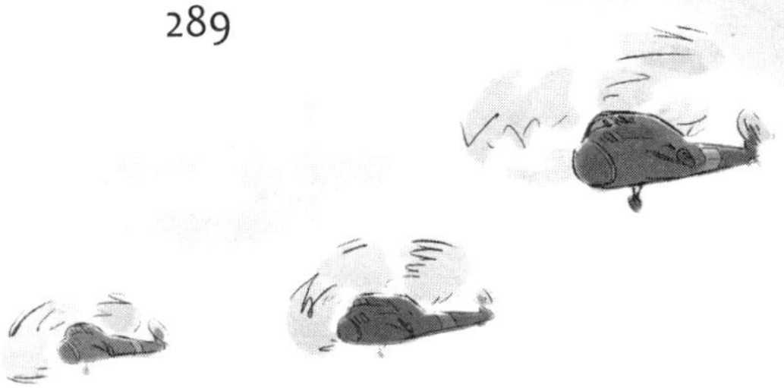

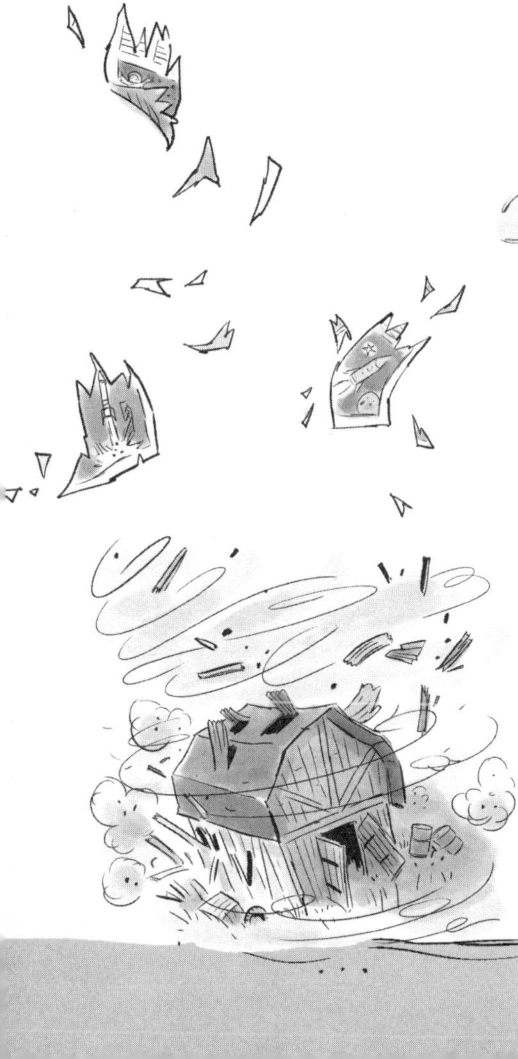

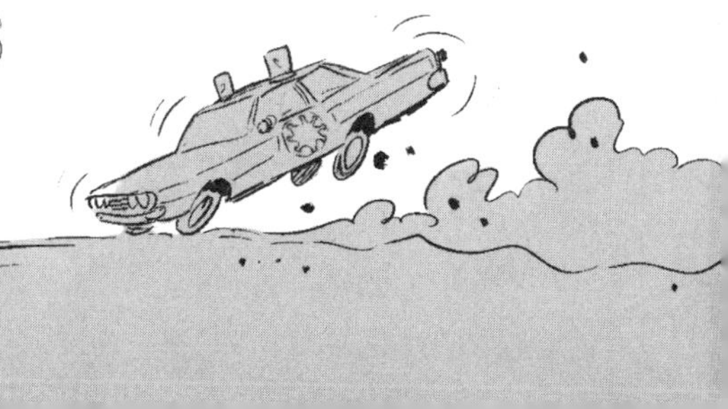

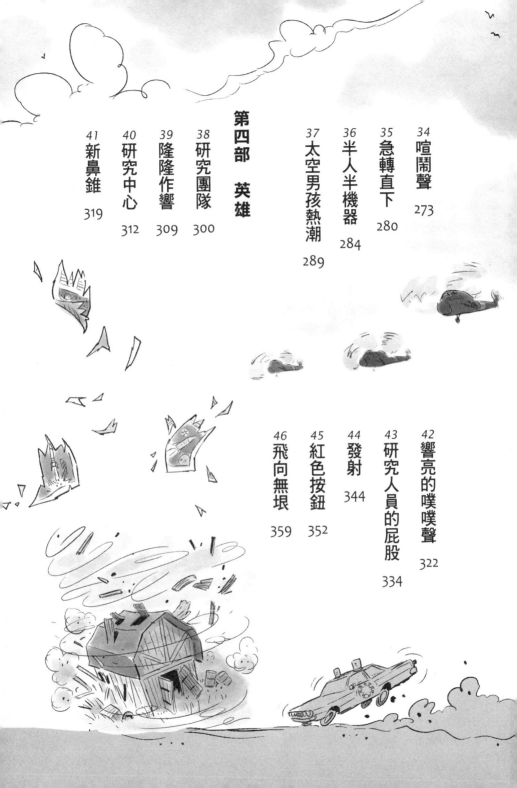

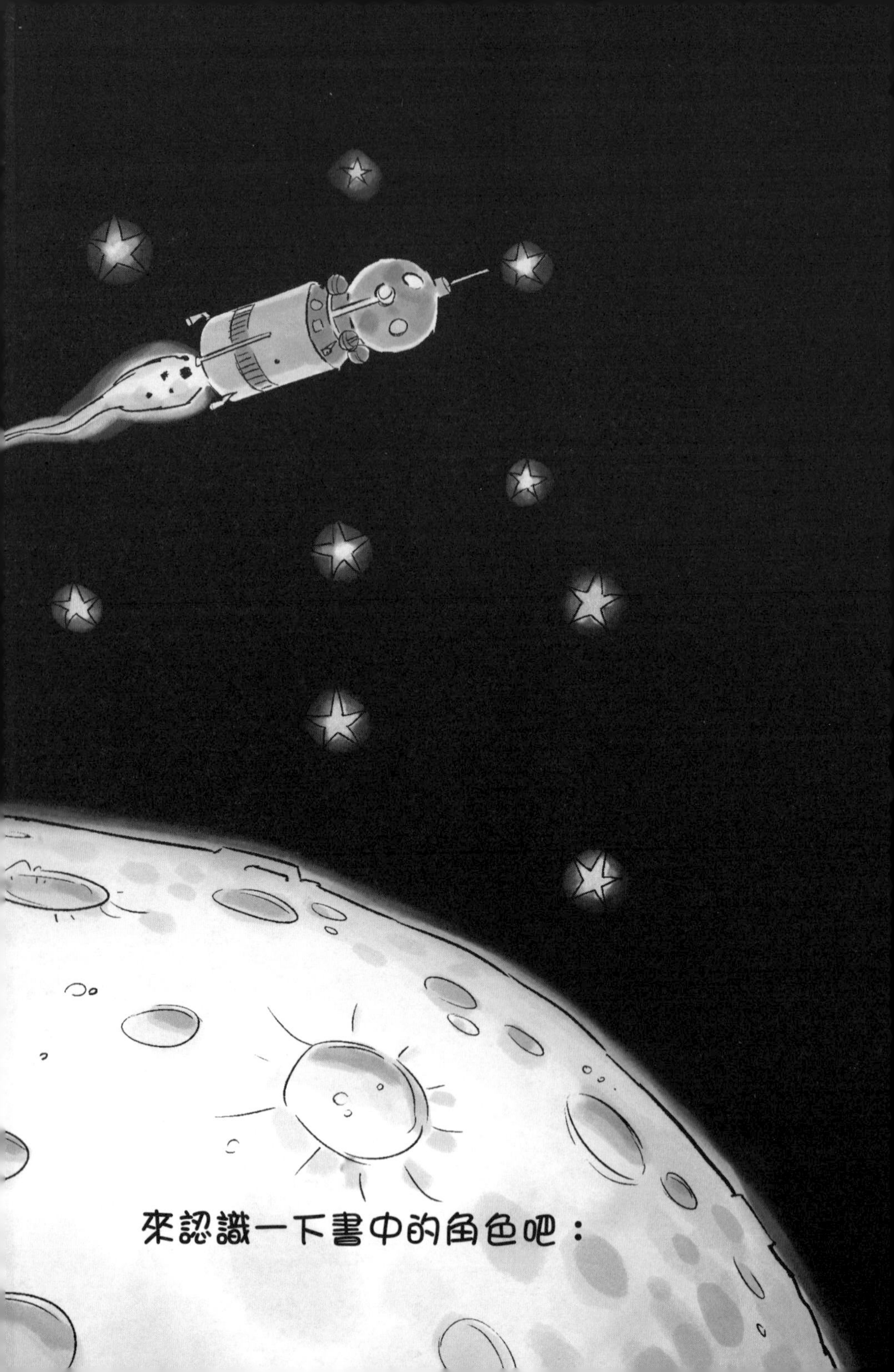
來認識一下書中的角色吧：

一九六〇年代，太空競賽成爲舉世矚目的焦點。這是美國與俄國兩大強權激烈競爭、搶著**當第一**的時代。第一個發射火箭；第一個繞地球軌道飛行；第一個把狗送上太空；第一個把人類送上太空；第一個讓人類登陸月球。他們爭奪的是一項極其遠大的目標：**掌控整個外太空。**

我們的故事發生在一九六零年代早期，背景是美國中西部一座塵土飛揚的古老鄉村小鎮，一個到處都是農家、沒什麼新鮮事的地方，直到這場**精采冒險**揭開序幕……

尤里

尤里是露絲養的小狗，只有三條腿。她發現牠倒在離農舍不遠的馬路上，便把牠抱回家，用自己心目中的英雄——俄國太空人尤里 加加林的名字替牠命名。當時加加林剛完成了一項壯舉，成為史上第一個進入太空的人類，因而變成全球家喻戶曉的名人。

露絲

露絲是個十二歲的孤兒，非常迷戀關於外太空的一切。她住在姑媽農舍的小閣樓裡，經常整晚不睡，在窗前看星星。

警長

警長在警局服務多年，很愛吃甜甜圈，整天眼巴巴盼著能遇上充滿戲劇性的案件。可是在這座美國中西部小鎮裡，他接過最緊急的報案電話是民眾的水桶被偷、一隻鞋子不見，或是有隻貓困在樹上。然而，一切都將隨著異世界訪客的到來而有所改變。

桃樂絲姑媽

桃樂絲姑媽獨自一人住在老舊又滿是沙塵的鴕鳥園農莊。有天晚上，她的遠房親戚露絲突然出現在她家門口，她只好心不甘情不願地收留這名孤兒，要她在農場裡工作。桃樂絲姑媽不僅長得像鱷魚，叫罵聲也很像鱷魚。

梅傑斯少校

梅傑斯少校身材高大魁梧，長相英俊，看起來就像熟男電影明星。他是美國軍事史上獲頒最多勛章的軍人，也是美國「最高機密祕密基地」的指揮官，負責監視空中是否有不明飛行物（俗稱幽浮）出沒。最高機密祕密基地深藏在沙漠底下，隱密到根本沒人知道它的存在！當然啦，總統和梅傑斯少校除外（不然他早上就進不了辦公室了）。

總統

美國總統號稱是世界上權力最大的人，日夜都有特勤局幹員貼身保護他。但事實上，總統不過是個愚蠢的矮子，老是頂著可笑的薑黃色假髮，皮膚晒成古銅色，極度自大又愛慕虛榮。外星人登陸地球時，他一心想博取關注，搶著當主角，因為他在乎的只有他自己。

研究人員

這群太空專案研究人員任職於美國太空總署，是整個研究人員史上最有研究精神的研究人員。

夏克博士

半人半機器的夏克博士是名天才科學家。第二次世界大戰期間，他替德國政府工作，當時他還是個百分之百純人類，身上沒有任何機械零件。有天晚上，他在設計超大型火箭時不慎將自己炸成重傷，才變成現在這副模樣。二十年後，夏克博士執掌美國逐漸落後的太空計畫，時常大聲命令研究人員，指使他們做事。

太空男孩

一個神祕又謎樣的人物，身穿閃亮的銀色太空衣、靴子、手套和披風，戴著鏡面頭盔，完全看不到臉，講話的聲音聽起來很詭異。

最後壓軸……

美國地圖

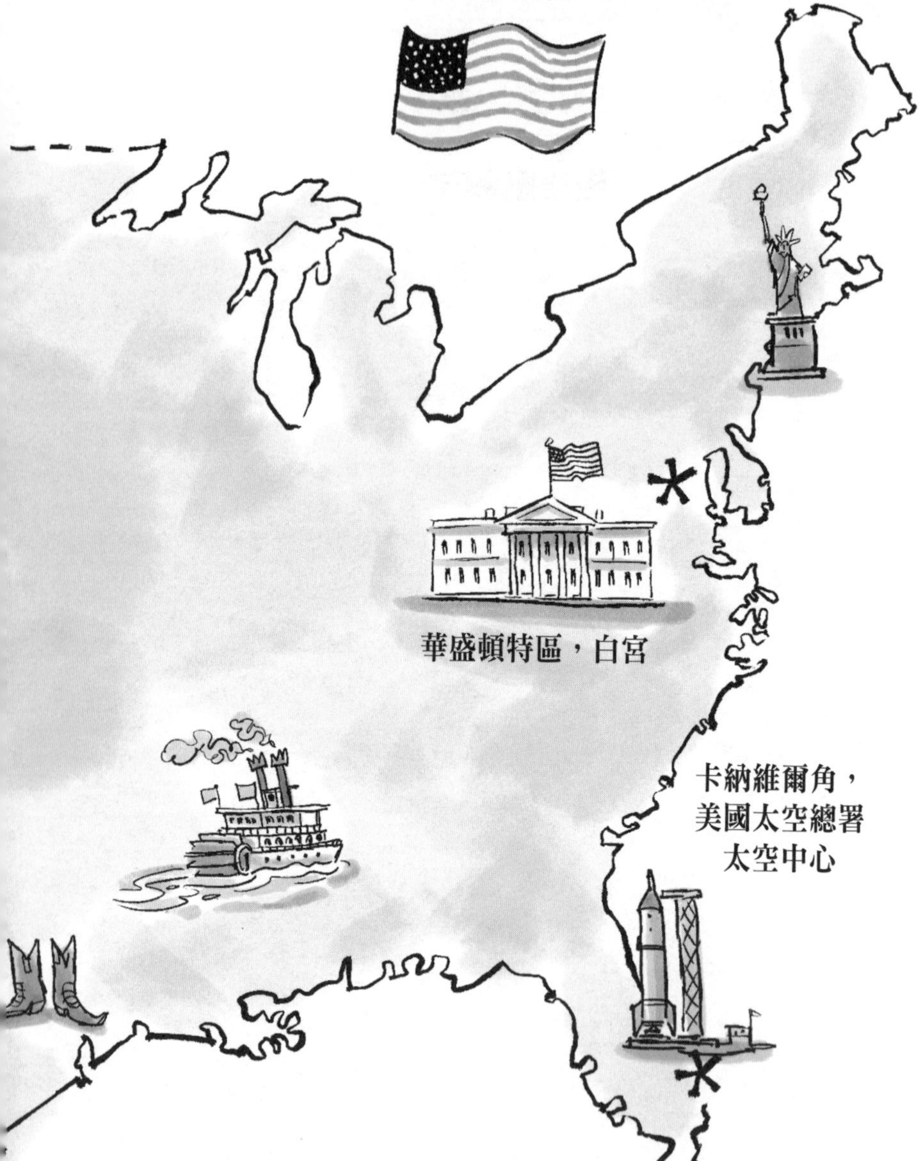
華盛頓特區，白宮
卡納維爾角，
美國太空總署
太空中心

最高機密祕密基地
（請勿洩露基地位置）
桃樂絲姑媽的
農莊
HOLLYWOOD

桃樂絲姑媽的農莊
小麥田
豬圈
農舍
雞舍

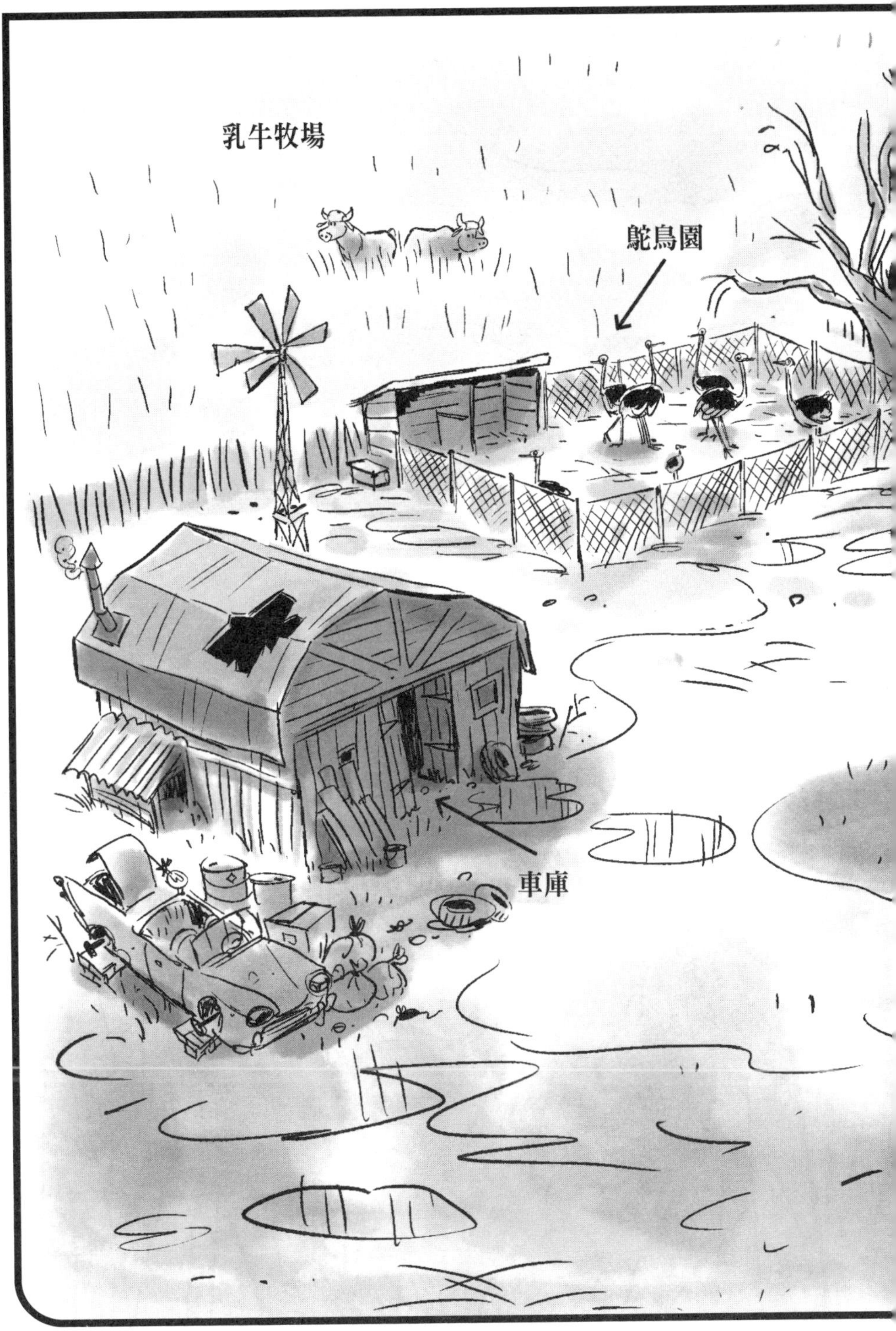
乳牛牧場
鴕鳥園
車庫

第一部

火星上的生物

1 做夢

一道亮光劃過夜空。**搖搖欲墜**的農舍裡，有個住在閣樓、名叫露絲的女孩從望遠鏡上抬起頭，用髒兮兮的小手揉揉髒兮兮的小眼睛。

她一定是在**做夢**。

不對。

天空中真的有東西以驚人的速度飛快旋轉，還竄出陣陣火舌。

不管那是什麼，肯定都

著火了！

是飛機嗎？

不對，飛機不會那樣旋轉。

還是直升機？

不對，它的飛行速度太快，不可能是直升機。

難道是流星？

不對，它飛得太低了，絕對不是流星。

那是**幽浮**，神祕的不明飛行物！

而且急速墜落，即將

迫降到地球！

這是露絲渺小的一生中最刺激、最令人興奮的時刻。

露絲是個家境清寒的孤兒。她的父母在挖掘金礦時意外身亡。他們一心想讓親愛的女兒過更好的生活，豈料工作的礦坑發生坍塌事故，兩人慘遭活埋，就這樣離開了這個世界。

在這之前，他們到處找工作，不停從一個州搬到另一個州。一家三口就睡在爸爸老舊的小貨車後面。露絲會躺在爸爸和媽媽中間，依偎著他們取暖。她什麼都沒有，卻也**什麼都有**，因爲她擁有爸媽滿滿的愛。小露絲凝望著天上的繁星，迷迷糊糊地睡著了。

如今，她深愛的爸媽留給她的只剩下回憶。媽媽溫柔的親吻，還有爸爸只在她面前展露的**專屬笑容**。

爲了支付葬禮費用，小貨車被賣掉了。露絲則被送到她唯一在世的親戚那裡，脖子上還掛了一塊牌子寫著：

請照顧這名孤兒。

經過好幾天的長途跋涉（大多時候是步行），露絲終於在一個暴風雨肆虐的夜晚來到桃樂絲姑媽家門口。這是她們兩人第一次見面。桃樂絲姑媽沒有兒女，原因很簡單。

她討厭小孩。

在桃樂絲姑媽眼中，所有小朋友都是噁心的生物，有骯髒的小手、掛著鼻涕的鼻子和不受控的屁股。

她把露絲當成工人對待，要她去自家的鴕鳥園工作。露絲白天得打掃鴕鳥園，晚上回到農舍後，還得做一大堆沒完沒了的家事。

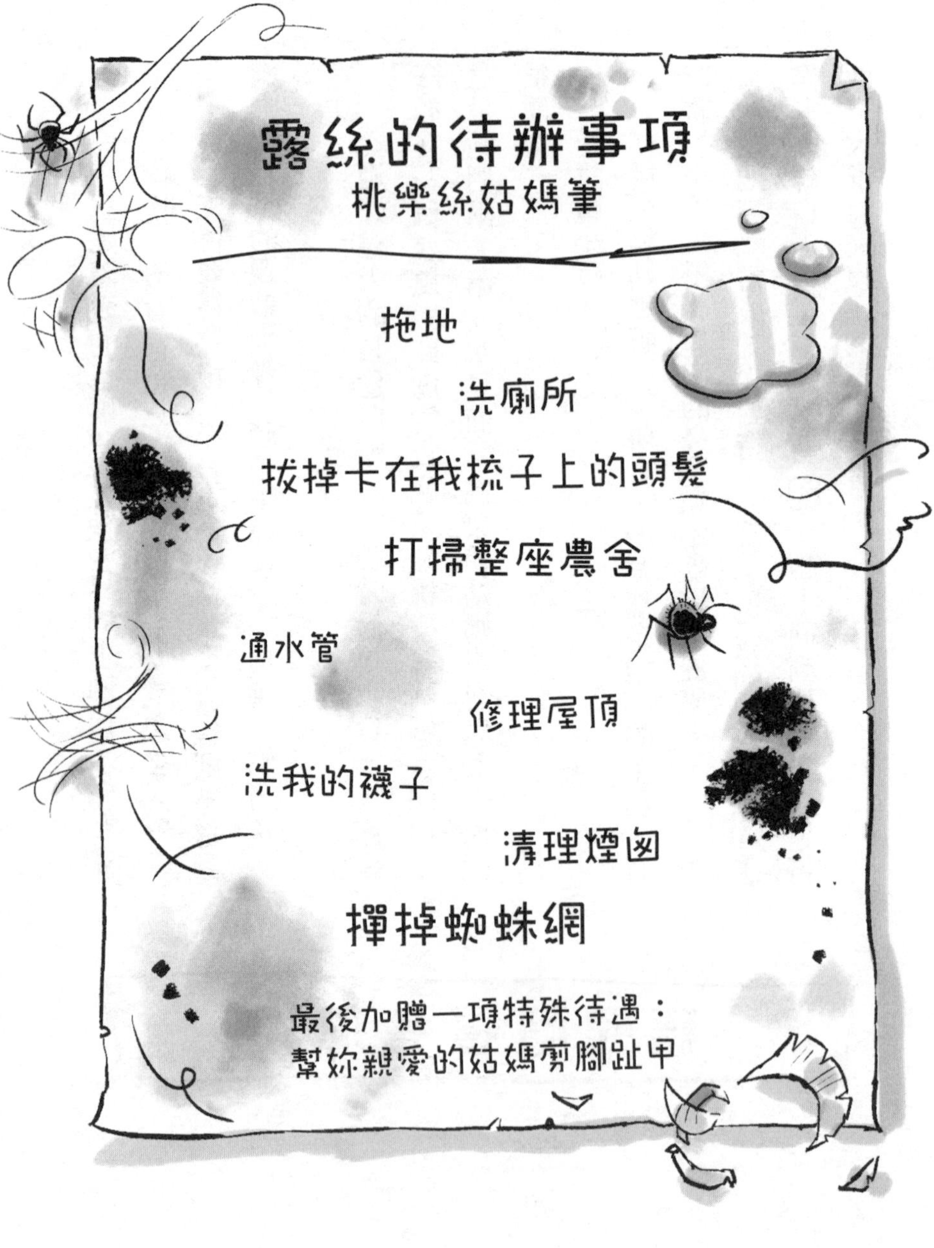
露絲的待辦事項
桃樂絲姑媽筆
拖地
洗廁所
拔掉卡在我梳子上的頭髮
打掃整座農舍
通水管
修理屋頂
洗我的襪子
清理煙囪
撣掉蜘蛛網
最後加贈一項特殊待遇：
幫妳親愛的姑媽剪腳趾甲

露絲的人生黯淡淒涼。她沒有上學，沒有朋友，也沒有未來。

她有的，只有**夢想**。

每天晚上做完家事後，露絲都會拖著沉重的腳步爬上**搖晃**的樓梯，來到閣樓的小房間，一頭倒在**嘎吱作響**的床鋪上，思緒飄向爸媽。要是他們還在，她的生活一定會大不相同。露絲緊抓著記憶，想讓爸爸媽媽永遠活在心底。她腦海中閃過每一段關於他們的片刻，就像翻看相簿一樣。然而現實世界裡，她連一張爸媽的照片也沒有。他們太窮了，買不起相機。

露絲養了一隻聰明的三腳狗，名叫尤里。每當她悲傷難過時，牠總是能察覺到她的心情，接著跑過去跳到床上，用鼻子磨蹭她。

「汪汪！」

「我愛你，小尤里。」露絲撓撓牠耳後輕聲說。「我現在只有你了。」

露絲很幸運能有牠陪伴，尤里也很幸運能有她在身邊。她在離農舍不遠的馬路上發現這隻可憐的小傢伙。不曉得是哪個沒良心

的人開卡車輾過牠的腿，隨後加速逃逸，讓牠躺在原地等死。

一看到受傷的小狗，露絲立刻把牠抱起來帶回農舍。經過一段日子的辛苦照護後，狗狗逐漸恢復健康，只可惜左後腿救不回來，因此露絲用破舊的打蛋器和皮帶幫牠做了一條新的腿，綁好固定在傷處，這樣牠更方便活動，能跟著露絲一起在農場裡穿梭，陪她做家事。露絲不曉得這隻狗有沒有名字，決定自己取一個。

尤里。

她用自己心目中的英雄——帥氣的俄國太空人**尤里・加加林**的名字替狗狗命名。當時**加加林**剛成為史上第一個進入太空的人類，消息獨占各國媒體頭條。這可是世紀大新聞。

露絲從桃樂絲姑媽的垃圾桶裡撿回了所有舊報章雜誌的封

面，上頭全是**加加林**搭乘**東方一號**太空船出任務的報導。她把這些新聞貼在空蕩蕩的閣樓牆壁上：有**加加林**在太空中的照片、安全返抵地球的照片，甚至還有他獲頒象徵俄國最高榮譽的特殊勳章、用以紀念他英勇壯舉的照片。這些剪報巧妙地遮住牆上的汙漬、裂縫和剝落的灰泥，同時也打造出一座完美的聖殿，獻給她的英雄。「他的生活充滿**冒險犯難**，甚至還成功繞著地球飛行，」露絲心想，「而我卻在這裡剪姑媽的腳趾甲。」她的生活跟一般想像中的**冒險**完全沾不上邊。

可是今晚，一切都將徹底改變！

2 夜幕

有天下午，尤里（那隻狗，不是那個太空人）在農場裡挖骨頭，結果挖出一支破舊的望遠鏡。那支望遠鏡想必有上百年歷史，也許它曾屬於一位殉難於美國內戰期間的將軍。尤里咬著望遠鏡，得意地跑到露絲面前，尾巴搖個不停，好像挖到一根值得獲獎的骨頭。露絲細心地清洗、修理望遠鏡，幾個月後總算修好了。她可以看到好遠好遠的地方。望遠鏡成了一種逃避現實的方法，讓她得以窺見一個比自己的小世界更大、更遼闊的天地。

到了晚上，露絲會在桃樂絲姑媽**搖搖欲墜**的農舍閣樓裡望著天空。籠罩著地球的夜幕讓她深深著迷。

露絲將一隻眼睛緊貼著望遠鏡，曾見閃現的亮光、流星、飛掠而過的物體、無法解釋的黑影等，**不勝枚舉**。很快的，她就對夜空中的星座瞭若指掌，更勝於自己的五官特徵。當露絲睏得再也睜不開眼睛時，她會陷入被窩中做著同樣的夢，夢到自己逃離殘酷的現實世界，乘著**火箭**飛向太空。

呼咻！

露絲直衝天際，劃過**鴕鳥園**上空，笑著對邪惡的桃樂絲姑媽揮手道別，跟尤里一起航向太陽系。

咻！

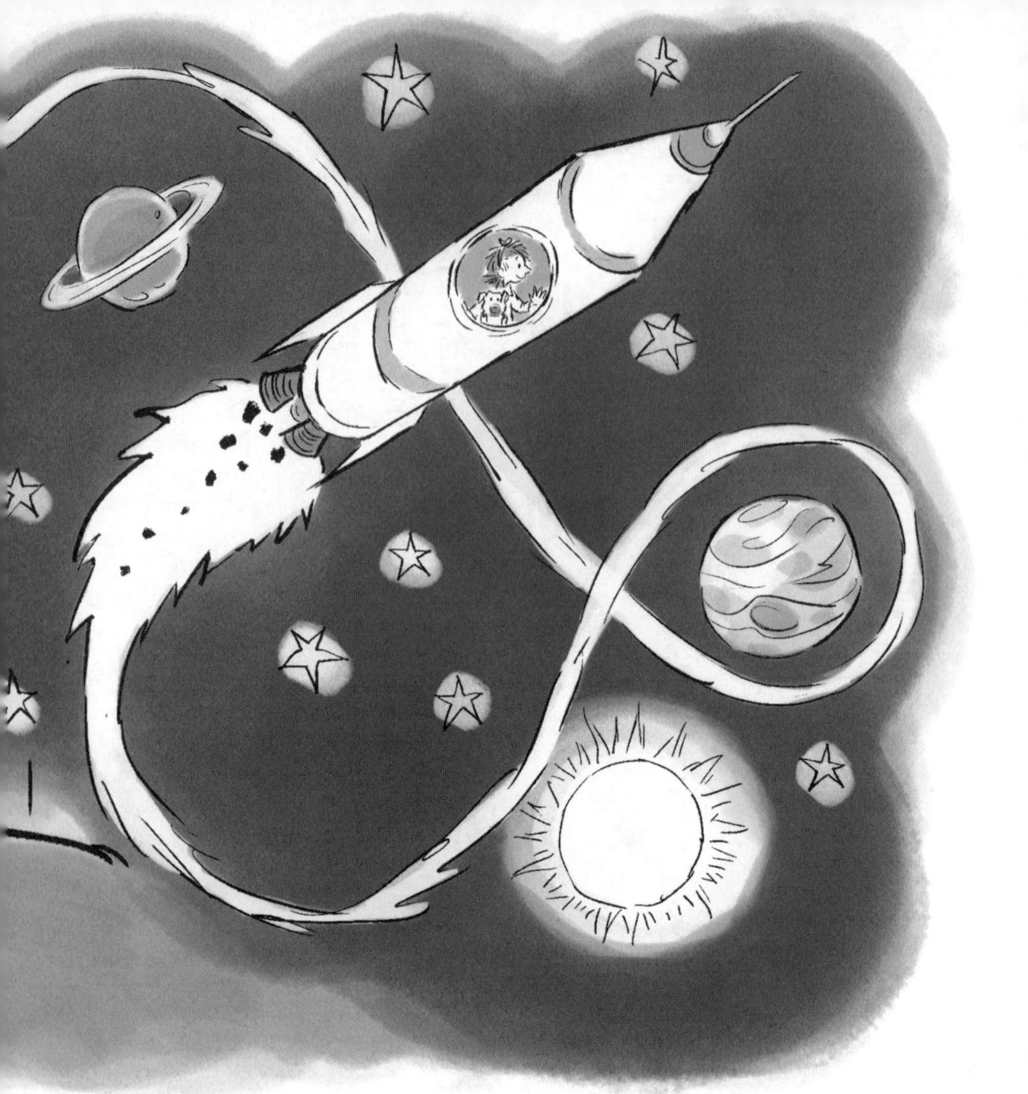

他們經過火星、木星、土星、天王星和海王星，以**閃電般的速度**飛離太陽系，探索浩瀚的銀河。銀河系裡有**數十億**顆恆星，太陽只是其中之一，而有些恆星就像太陽一樣，是行星系統的中

心。更進一步說，宇宙中有數十億個星系，銀河系只是其中一個。宇宙本身會不斷膨脹，無邊無際，永遠都有未知的地方可以探索。

所以一**定要記得**準備一盒便當。

此時此刻，露絲在房間裡透過望遠鏡看著天上的**幽浮**，懷疑自己是在做夢。她捏了自己一下。

「哎喲！」她大叫。

這不是夢。是真的。真的有個著火的**幽浮**劃過夜空，而且愈來愈近，近到尤里也看得見。牠跳下床盯著窗外，開始大聲狂吠。

「汪汪汪！」

「小聲點，尤里！」露絲低聲阻止。「你會把桃樂絲姑媽吵醒啦！」

已經過了半夜十二點，桃樂絲姑媽就睡在閣樓正下方的房間。

「汪汪汪！」

「噓！你乖乖待在這裡，尤里！」她用氣音說。「我去看看那是什麼！」

尤里無奈地搖搖頭。露絲從**搖搖晃晃**的閣樓窗戶爬出去，手裡還抓著姑媽的古董相機。她一直把相機藏在

床底下，就是為了這一刻。

露絲是在一座積滿灰塵的高聳架子上找到這臺相機，覺得「借用」一下應該沒關係。她並不笨，知道桃樂絲姑媽一定不會借她，所以還是不要問她比較好！

就是這麼簡單！

沒多久，露絲就拿著相機爬上屋頂。屋頂和農舍其他地方一樣搖搖晃晃的。她穿著睡衣，打著赤腳，只要不小心踩錯一步，就可能**摔落地面。**

更可怕的是，屋頂非常高。

露絲想看得更清楚一點，便一路爬到最高處，也就是**搖搖欲墜**的煙囪。她緊緊攀住煙囪，站穩腳步。可是下一秒，**災難瞬間降臨！**她抓住的磚石突然鬆脫。

喀啦！

露絲步伐搖搖晃晃，就這樣跌了下去。

3 著火的飛碟

露絲有如一隻想飛的鴕鳥，在空中拚命揮舞雙臂，用腳趾死命勾住屋瓦。她的爸媽窮到沒錢替她買鞋子，因此，隨著時間過去，她的腳變得愈來愈靈活，像猴子一樣善於抓握。

「呼，好險！」她驚呼。

她還活著。

從農舍屋頂上遠眺，方圓百里的景色一覽無遺。大片的金色小麥一路綿延到遠方，零星的樹叢和農場建築點綴其間。露絲一手扶著煙囪，一手笨拙地操作姑媽的古董相機。

那個**幽浮**正朝著她高速飛來。

咻！

露絲的心怦怦狂跳。

撲通！撲通！撲通！

這眞是令人激動又害怕的一刻。她將相機舉到眼前，轉動鏡頭對焦。

呼咿！

取景器裡的影像清晰無比。

露絲呑了一口口水。

那不只是**幽浮**而已。

那是**貨眞價實**的**飛碟**！

她曾在漫畫封面和電影海報上看過飛碟，雖然這些娛樂對她來說奢侈到負擔不起，但她至少知道一件事……

地球上**沒有**飛碟。

那是一艘**外星**太空船！

裡面有來自**另一個世界**的訪客！

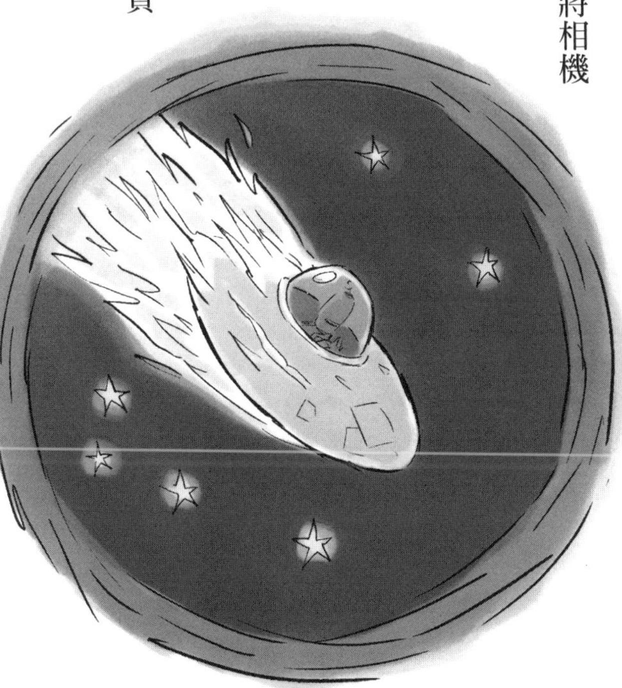

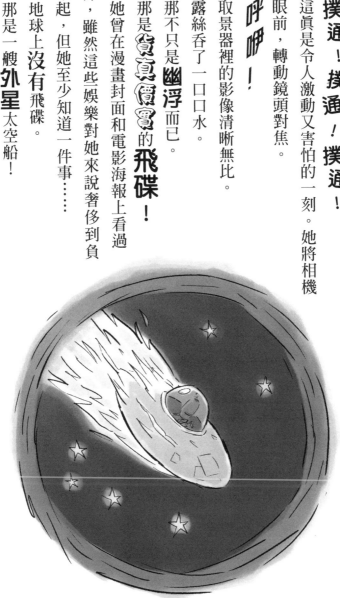

飛碟以驚人的速度飛快旋轉，外型類似磨損的金屬圓盤，上面有個小艙室，看起就像倒放的玻璃碗。艙室裡有個神祕的身影，身穿銀色太空衣，還戴著高高的頭盔。可見他的頭一定很長！

好可怕喔！

露絲嚇得雙手發抖，無法按下快門拍照。不過現在想拍也來不及了。著火的飛碟從她頭頂飛馳而過。

咻！

飛碟底部擦過煙囪。

唰！

碎裂的磚石四處飛濺。

轟！

露絲的頭被碎片打中……

咚！

……讓她頓時失去平衡。

碰！

桃樂絲姑媽的古董相機從她手中滑落。

鏗啷！

沿著斜斜的屋頂滾下去。

鏗啷！鏗啷！鏗啷！

露絲拚命伸長了手想救相機，卻怎麼也搆不到。

相機從屋簷彈開，重重摔落在地。

框啷！

「不！」露絲大叫，眼睜睜看著相機砸得粉碎。

更糟糕的是，她聽見屋瓦在腳下裂開的聲音。

劈啪！

露絲頓時失去平衡……

「啊啊啊！」

……踉踉蹌蹌地往前傾。

砰咚！

她頭上腳上地趴著，滑落陡斜的屋頂。

「**救命啊！**」她放聲大喊。可是沒有人能幫她。

她伸長雙臂，直直衝向屋頂邊緣。

就在她快要墜落的時候，她才想起自己猴子般靈巧的雙腳！

可靠的腳趾及時抓住屋簷。

「呼！」露絲鬆了一口氣，像蝙蝠一樣倒掛在屋頂上。

她的身子前後擺動，一頭撞上閣樓後窗。

咚！

尤里原本直直盯著露絲爬出去的前窗，聽到噪音，牠猛地轉頭。

露絲沒辦法從外面打開窗戶，只能猛比手勢叫尤里幫忙。

尤里急忙跑過去，用鼻子推開窗戶。

咿呀！

「謝謝你，尤里！」露絲小聲道謝，費力爬進閣樓，累癱在地板上。

砰！

看到主人還活著，尤里鬆了一口氣，開始狂舔露絲的臉。

舔！舔！舔！

「沒事了，尤里！乖狗狗！」露絲溫柔地推開尤里的頭，閃躲牠粗糙的舌頭。她踉踉蹌蹌地站起來望向窗外。只見飛碟衝向農場遠方的田野，應聲墜毀。

砰！

一大團塵埃竄到空中。

呼啡！

「糟了！」露絲嚇得目瞪口呆。

她撲通一聲坐到床上，匆匆套上靴子。

「走吧，尤里！」她說。「我們去看看有沒有生還者。」

小狗跟著她來到門口。

露絲打開房門，一個幽暗模糊的身影瞬間映入眼簾。

「妳要去哪裡？」那個黑影嘶聲說。

4 老鰻魚

「沒有啊。」露絲站在閣樓門口，不安地挪動身子。

「少騙我，露酥！」那個聲音大吼，聽起來就像打雷一樣。

桃樂絲姑媽叫喚露絲的發音很特別。

不是「露絲」。

而是「露酥」。

桃樂絲姑媽罵她時會叫她「露——酥」。

如果她非常生氣，則會叫她**「露————酥！」**

「我沒騙妳。我沒有要去哪裡！」露絲回答。雖然廣義來說，這句話是眞的，因爲她的人生被困在這座農場裡，根本無處可逃，但就眼下的情況而言，露絲的確是在說謊。

「少來了！我告訴妳，妳哪兒都別想去！」桃樂絲姑媽冷笑著說。她不僅長得像鱷魚，罵人時的吼叫聲也很像鱷魚。

桃樂絲姑媽總是穿得一身黑，好像在服喪。可能是在哀悼自己悲慘的生活吧。鎮上沒有人吃鴕鳥肉，所以桃樂絲非常窮困。她將自己的痛苦發洩到別人身上。

她那頭灰白色長髮總是往後梳，紮成緊繃的髮髻。她的皮膚白得像雪，每次發飆，就會爆出密密麻麻的青筋。

而她每分每秒都在發飆。

桃樂絲姑媽會得意地對所有來到農場的人大肆宣傳，說她討厭小孩。

「小孩子髒得要命、惡劣又沒禮貌！一堆小鬼就跟腐爛的蛆蟲一樣！那個叫露酥的女孩**最糟糕**，光是看到她就讓我覺得噁心！等她長大我就會把她趕出去，**永遠不准回來！**」

她總是在露絲聽得見的範圍內大聲說這些話。這隻可怕的老鱷魚是故意講給她聽的。她最大的快樂就是讓露絲的日子難過。

露絲在一個風雨交加的夜晚來到桃樂絲姑媽家門口。當時她冷冷地瞪了露絲一眼，陰鬱的面孔刻著深深的憎恨。從那天起，這股怨氣就一直盤繞不去，滯留在她那雙如鱷魚般的眼睛裡。

如今她們已經住在一起好些年了。露絲剛搬進來沒多久，桃樂絲姑媽就明白指出：

「這是我的房子。」

「我的食物。」

「我的水。」

「我的火。」

「我的家具。」

有一次桃樂絲姑媽甚至還告訴她：「不准再坐我的椅子！妳的屁股快把我的椅子蹭壞了！」

桃樂絲姑媽不斷提醒露絲，要她別忘了自己是個不速之客。

有天下午，露絲抱著一隻三條腿的小狗，腳步蹣跚地回到農舍。桃樂絲姑媽大發雷霆。

「不會吧！又來一個貪吃的東西！」她大吼。

桃樂絲姑媽提出一個條件，如果露絲要養這隻狗，就必須把自己的餐點分給牠吃，她不會另外準備。雖然姑媽給她的食物根本沒多少可分，露絲還是一

口答應，她與狗狗之間的感情也因此變得**非常緊密**。尤里始終守在露絲身邊，從沒離開過，不過也可能是因爲桃樂絲姑婆常趁露絲沒看到時狠踹牠的屁股。

嗚嗚汪！

此時尤里就站在露絲的兩腳中間，對著桃樂絲姑媽咆哮。

「吼吼吼！」

「閉嘴，臭狗！」桃樂絲姑媽大吼。「小心我用靴子踢爛你的屁股！」

尤里低聲嗚咽，快步跑到陰暗處。

「妳要回答了嗎？」桃樂絲姑媽將目光轉向露絲，眼神冰冷犀利。「沒關係，我可以跟妳耗一整晚！**露酥，妳到底要去哪裡？**」

5 碎紙汪洋

露絲的腦袋飛快運轉。桃樂絲姑媽想必沒聽到飛碟墜毀的巨響，才會問她要去哪裡。這隻老鱷魚的聽力不太好，所以這個解釋說得通。但這件事能隱瞞多久？

「我只是想喝、喝杯水，桃、桃樂絲姑媽。」露絲結結巴巴地回答。

桃樂絲姑媽掃視狹小的閣樓房間，目光落在床頭櫃上。

「妳床邊不就放了一杯水嗎？我是說我的床！」

「哦！是嗎？我**真是個傻瓜！**」露絲的演技不是很好，但她努力裝出驚訝的樣子。

「妳還穿著我的舊靴子！」

「有嗎？」

「有！」桃樂絲姑媽厲聲說。

「哦，真的耶！難怪我覺得腳比平常重很多。原來是穿了鞋子啊！」桃樂絲姑媽不屑地哼了一聲。「穿靴子表示妳要出門，露酥。妳這個討厭的小騙子！」

露絲緊張地笑了笑，臉脹得跟頂級番茄一樣紅。

她不想讓桃樂絲姑媽知道**幽浮**的事。姑媽不喜歡她老是著迷於外太空的一切。要是桃樂絲姑媽知道有飛碟墜毀在農場裡，一定會立刻去拿獵槍，在她還沒意識過來就……

砰！砰！砰！

她必須保密才行。

「妳整晚沒睡，用那支愚蠢的望遠鏡看外面看了一夜，對不對？」桃樂絲姑媽又問。「妳早上還有家事要做，露酥，我要妳天一亮就去打掃鴕鳥園！**真是夠了！**」

她大步走進閣樓，抓起望遠鏡。

「拜託不要！」露絲苦苦哀求，擔心最壞的情況就要發生了。

桃樂絲姑媽像園遊會裡的大力士一樣，將望遠鏡放在膝上，使盡全力折成兩半。

啪！

露絲眼裡盈滿淚水。

「爲什麼要這樣？」她問道。

「給妳這個討厭的小鬼一點教訓！」桃樂絲姑媽大聲咆哮。

她開始環顧小小的閣樓，她注意到房間牆上貼滿了**尤里．加加林**的照片，便邁步上前。

「什麼外太空！全是胡說八道！」她怒吼。「女孩子怎麼會喜歡這個！我懷疑妳是不是有問題！**不能再這樣下去了！」**

桃樂絲姑媽伸長了手，露出又長又尖的指甲——應該說是利爪才對。她探向其中一張照片，轉頭對露絲揚起邪惡的笑容。

「拜託住手！」露絲懇求。

可是沒用。桃樂絲姑媽是殘酷無情的代名詞。

唰！

第一張照片被她狠狠撕爛。

唰！

緊接著是第二張。

唰！唰！唰！

露絲看不下去了。她緊緊閉上雙眼。

伴隨著唰唰的聲浪不絕於耳，毀滅性的狂潮淹沒了一切。

唰！唰！唰！唰！唰！唰！

尤里好生氣，開始對桃樂絲姑媽狂吠。

「汪汪汪！」

牠一口咬住她的裙擺。

咬！

桃樂絲姑媽飛快轉身，用力踹了尤里一下。

踢！

尤里立刻跳開。露絲把牠抱起來，緊緊摟在懷裡。

「不准傷害尤里！」她大喊。

「喔，是嗎？我就偏要！」

唰！唰！唰！

碎紙片散落一地。

「露——酥，要是今晚再被我抓到妳溜下床，我一定會把妳碎屍萬段！」

桃樂絲姑媽大步走出閣樓，用力甩上門。

砰！

這番刁難讓露絲更加堅定，決心要跟姑媽唱反調。

「走吧，尤里，」她一邊輕聲說，一邊用袖子擦擦眼淚。「我們來一場**祕密探險！**」

6 光影萬花筒

露絲讓尤里坐在她肩上，小心翼翼地沿著農舍外牆搖搖欲墜的排水管往下爬。從遠處看，可能會以爲她戴著一條毛茸茸的圍巾。

露絲以龜速慢慢爬過桃樂絲姑媽房間的窗戶。窗簾是拉上的，桃樂絲姑媽沒有發現農場另一邊竄出火焰和濃煙。露絲從窗簾細縫向內窺探，發現姑媽站在房裡動也不動，耳邊的助聽器正對著閣樓，看起來就像一隻潛伏在水下的鱷魚，隨時都會張開血盆大口，**喲**地咬下！

露絲繼續沿著排水管往下爬。

到達地面後，她輕輕地把尤里抱下來，以免發出聲響。

鏗啷！鏗啷！鏗啷！尤里踏上從農舍通往農場的小徑。

我真笨！露絲心想。她忘了尤里腿上綁著用打蛋器做成的義肢！她一把抱起小狗，跨過摔爛的古董相機。等到走得夠遠，確定桃樂絲姑媽聽不見——或更確切地說，桃樂絲姑媽的助聽器聽不見後，露絲就把尤里放下來。儘管這隻小狗只有三條腿和一支打蛋器，動作依舊敏捷，能跟得上露絲的腳步。他們一起飛快跑過雞舍、豬圈和**鴕鳥園**，踮著腳尖繞過熟睡的乳牛及公牛，穿越金色麥田，來到事發地點。濃濃的黑煙籠罩四周，遮住了天上的繁星。

露絲**心跳加速**，覺得**頭好暈**，**雙腿發軟**，好像變成了**果凍**一樣。她很可能是地球上有史以來第一個見到**外星人**的人！

很快的，煙霧逐漸散去，飛碟的殘骸映入眼簾。金色小麥被悶燃的金屬碎片壓平，燒得焦黑，到處都能看到散落的船體，可見**撞擊力道之大**。

儘管愈來愈多碎片映入眼簾。露絲知道，光靠這些殘骸無法弄清楚這艘**外星**太空船究竟出了什麼事。

沒多久，露絲便來到主要的事故現場。飛碟高速墜落，將地面撞出一個大坑，有一半的船體埋在土裡，周圍還有幾個小火堆在燃燒。

露絲手腳並用地爬上突出地表、角度很陡的飛碟殘骸。一開始，腳下的靴子滑到讓她差點爬不上去，但她很快就克服難關，順利來到頂部的玻璃艙。

閃爍的火焰、朦朧的煙霧與幽暗的夜晚交織，創造出如**萬花筒**般的光影，很難分辨出什麼是虛幻，什麼是真實。露絲心裡突然湧起一陣恐懼。這時，她感覺到尤里的毛髮擦過她的腿。她鬆了一口氣。尤里總是能帶給她安全感。

或應該說，至少能讓她比較安心一點。

艙室的玻璃破裂，上頭覆蓋著一層黑黑的煙灰，無法判斷剛才從屋頂上看到的那個神祕人是不是還在裡面。露絲伸出手，慢慢探向艙室。

露絲的舉動顯然嚇壞了尤里。她能感覺到牠拚命拽她的睡褲想阻止，但她

仍不顧危險，執意用手觸碰玻璃。

「哎喲！」她大喊。玻璃燙到不行，就像火爐上的鍋子把手一樣。嗯，飛碟一定是因爲穿過地球大氣層才會著火。露絲讀過**尤里・加加林**的故事，知道重新進入地球大氣層是太空任務中最危險的一環。雖然**加加林**最後安全返航，**東方一號**卻因爲

地獄般的高溫而差點起火燃燒。

「汪！」

尤里對著露絲吠叫，好像在說：「我早就警告過妳了！」

「好啦好啦！又不是每個人都跟你一樣聰明！」

露絲將睡衣袖子往下拉，擦去艙室上的黑色煙灰，露出一小塊乾淨的區域，然後瞇起眼睛細看，尋找生還者的蹤影。

什麼都沒有。

露絲準備轉身離開。就在這個時候，一隻戴著手套的手**重重拍打**玻璃。

啪！

「**啊！**」她放聲尖叫。

7 十億個問題

露絲嚇得往後踉蹌幾步，結果被尤里絆倒，從飛碟上摔下來……

「哎喲！」

回到地面的安心感，在她發現自己屁股著火那一刻瞬間消散。

「燙死人了！」

她躺在飛碟墜毀時撞出來、仍在悶燒的大坑裡！她一躍而起，不停跳來跳去，拚命拍熄屁股上的火苗。

啪！啪！啪！

艙室裡的神祕生物決定趁機逃跑，用戴著手套的拳頭打碎破裂的玻璃。

劈啪！

那個東西爬了出來。它的身高出奇地矮，撇開頭盔不算，看起來跟露絲差不多，而她在同年紀的孩子裡算矮的了。另一方面，它的頭盔又大又高，大概有外星人身體的一半高。太空衣底下一定藏著一個長相怪異的生物。

尤里爬上飛碟，衝向那個神祕的身影，開始跳上跳下地狂叫！

「汪汪汪！」

這個外星人看起來就像來自另一個世界。

那身裝備很適合寒冷的太空，不太適合美國中西部溫暖的夏夜。外星人全身上下包得很緊，唯有頭盔上鑲著的反射玻璃能讓它看到外面的景象。不過，這個來自外太空的生物究竟有幾隻眼睛？

一隻？

三隻？

還是三百隻？

它的頭看起來大到可以有三千隻眼睛！

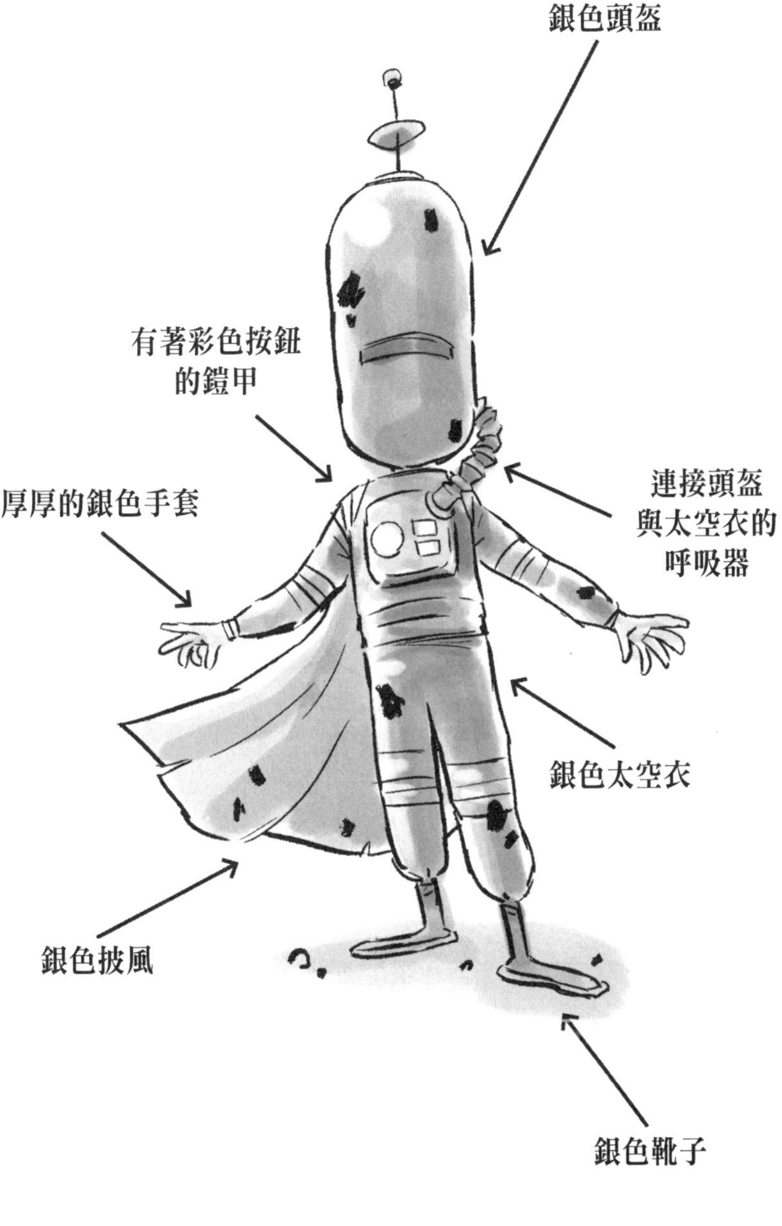
銀色頭盔
有著彩色按鈕
的鎧甲
厚厚的銀色手套
連接頭盔
與太空衣的
呼吸器
銀色太空衣
銀色披風
銀色靴子

露絲的腦袋裡少說也有**十億個**問題。她以令人暈眩的速度連珠炮似地問個不停。

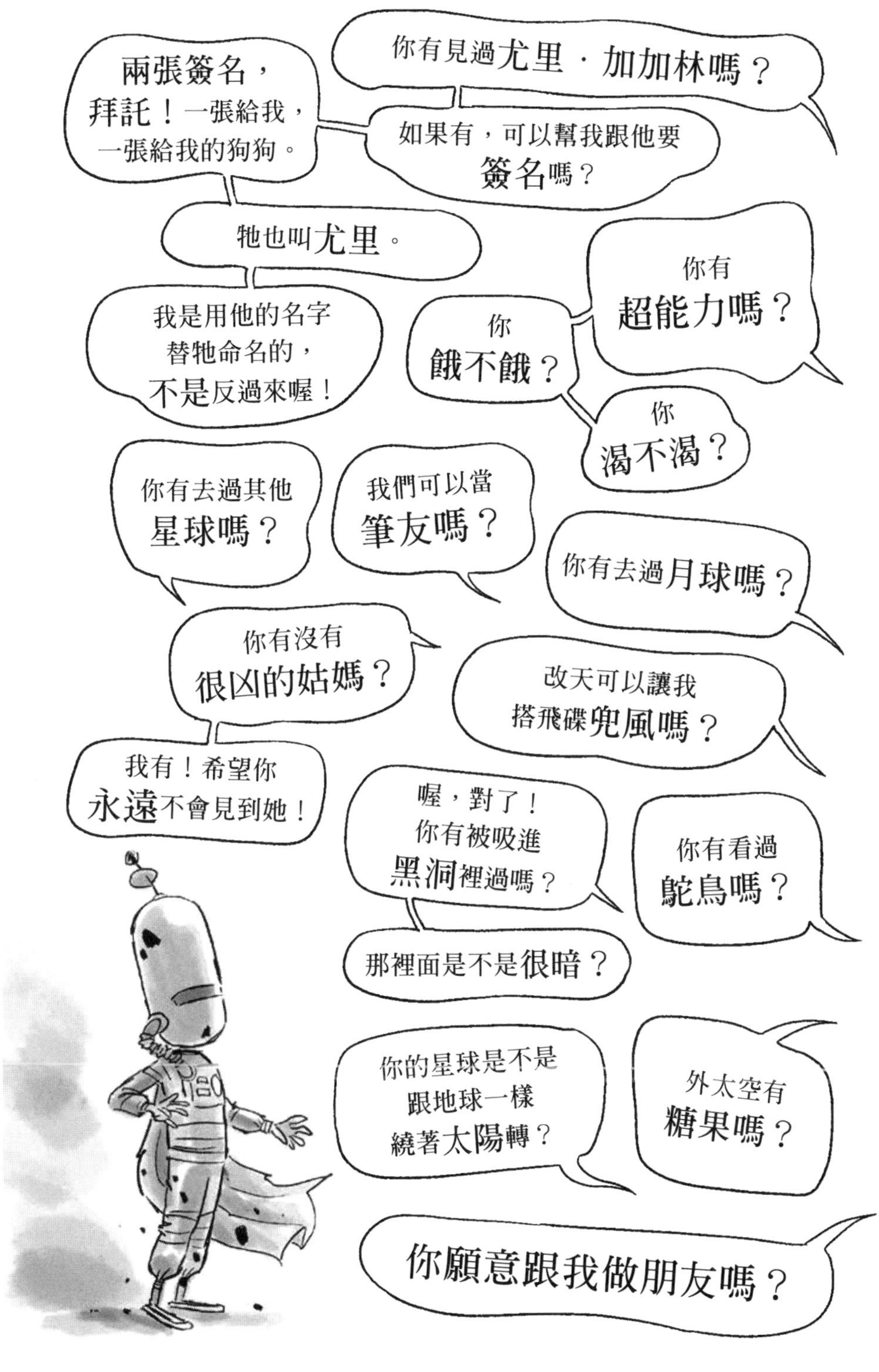

你有見過尤里·加加林嗎？
如果有，可以幫我跟他要簽名嗎？
兩張簽名，拜託！一張給我，一張給我的狗狗。
牠也叫尤里。
我是用他的名字替牠命名的，不是反過來喔！
你有超能力嗎？
你餓不餓？
你渴不渴？
你有去過其他星球嗎？
我們可以當筆友嗎？
你有去過月球嗎？
你有沒有很凶的姑媽？
我有！希望你永遠不會見到她！
改天可以讓我搭飛碟兜風嗎？
喔，對了！你有被吸進黑洞裡過嗎？
那裡面是不是很暗？
你有看過鴕鳥嗎？
你的星球是不是跟地球一樣繞著太陽轉？
外太空有糖果嗎？
你願意跟我做朋友嗎？

外星人沒有直接回答問題，反倒俯身想摸摸尤里。一彎下腰，它就痛苦地抓著膝蓋。

「哎喲！」

很明顯，墜機事故讓**外星人**受傷了。飛碟墜落的速度之快，撞擊力道之大，還能活著算它走運。它一跛一跛地從艙室走下來，不小心失去平衡，摔落在地。

咚！

「喔，我差點忘了！歡迎來到地球！」露絲說。

尤里可沒那麼熱情，不停對著這個神祕人物咆哮。

「吼吼吼！」

「沒事的，尤里。」露絲安撫。

外星人倒在田野裡，緊緊抱著膝蓋。

「我來幫你！」露絲伸出手，想把**外星人**拉起來。它低頭看著她的手，猶豫了一下，慢慢探出手。這會是人類與**外星人**第一次握手。就在他們的手快要碰到的時候……

轟隆！

8 炸開的雪茄

突然發生**大爆炸**～！

飛碟殘骸瞬間被火舌吞噬。

轟轟轟轟轟！

露絲不假思索地抱住**外星人**往旁邊一跳，兩人趴倒在地。

咚！

烈焰席捲而來。露絲就像防火毯一樣，急忙用身體保護**外星人**和尤里。

她閉上雙眼，感覺到頭髮在熾熱的高溫下變得焦脆。

劈啪！

「**汪汪汪！**」尤里痛苦哀號。他的尾尖燒焦了。

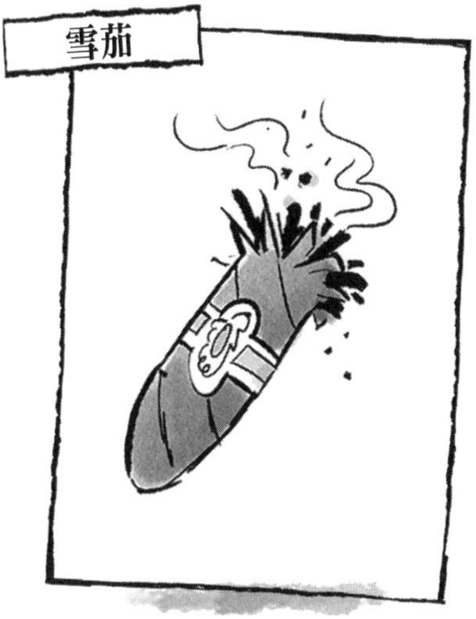

滋滋滋！

牠的尾巴看起來就像一支炸開的雪茄。

尤里掙脫露絲的懷抱，朝水井飛奔而去。牠一路狂吠，用三條細小的腿和一支打蛋器全力衝刺。

「**尤里！**」露絲對著牠的背影大喊。

尾巴著火讓牠驚嚇過度，而且一時半刻無法平復。尤里就這樣消失在田野另一邊，失去了蹤影。糟糕！露絲發現農舍裡燈光閃爍。桃樂絲姑媽一定是聽見爆炸聲了。

時間不多了。姑媽很快就會拿著獵槍在田野間徘徊。露絲將注意力轉向外星人。

「你沒事吧？」她問道。

「呃啊！」外星人發出一陣痛苦的呻吟。

下一秒……

轟隆！

他們身後再度傳來爆炸的巨響。

嘍嘍嘍！

熱燙的高溫讓露絲覺得自己的背就像火烤漢堡肉一樣。

離飛碟這麼近太危險了，它很可能再次爆炸，燃料隨時都會起火燃燒。

露絲連忙爬起來，再次向外星人伸出援手。它握住她的手。

第一次接觸！

「歷史性的一刻！」露絲尖聲說。「在地球上，握手是友誼的象徵。這表示我們是朋友囉？」

外星人點點頭。露絲綻出燦爛的笑容。

「是！」她大喊。

百分之百、不折不扣的**「是」！**

露絲以前從沒交過朋友。她以爲自己認識的第一個朋友會是個喜歡集郵、瀏海參差不齊的女孩，沒想到是來自另一個星球的**外星人**。但她欣然接受。

「太棒了！」她說。「朋友就是要互相照顧。來吧！」

露絲把**外星人**扶起來。它的膝蓋立刻彎了一下。

「啊！」外星人猛地前傾，痛得大喊。

露絲及時抱住它，用盡全身力氣撐住它的身體。

「我抓住你了！」事實上她沒有。**外星人**站不起來，只能無力地從她懷中滑落，癱倒在地。

咚！

「可惡！」露絲大叫。

就在這個時候，她瞥見遠處有個模糊的黑影，從農舍的方向步步進逼。

「露——酥！」一聲吶喊傳來。

這個聲音就算化成灰她也認得。不用說也知道，是桃樂絲姑媽。

砰！

就跟露絲想的一樣，姑媽拿著獵槍，而且用起來毫不手軟。

碰！碰！碰！

她對空鳴槍示警。

露絲得先把新朋友藏起來。

而且要快。

比快**更快**。

超級**無敵快**。

快！

9 筋疲力盡

飛碟墜毀的地點離廢棄的舊乾草穀倉不遠。這座穀倉是農場裡爲數不多且年久失修的建築之一，此刻成了露絲最好的藏身處。她假裝沒聽見姑媽的呼喊。

「露——酥！露——酥！妳在哪裡？希望那架飛機正好墜毀在妳頭上！我帶了獵槍，以防是俄羅斯人闖進來！別以爲我不知道妳把我的相機砸爛！等我逮到妳就要妳好看！」

露絲也刻意無視姑媽的又一次鳴槍警告。

碰！碰！碰！

她拖著**外星人**的腳穿過田野。

「哎喲！哎喲！哎喲！」**外星人**不斷呻吟，頭咚咚咚地撞擊地面。

最後他們終於來到穀倉。露絲用背推開那扇脆弱的木門。

咿呀！

她把**外星人**拖進去，撐住它的腋下抬起來，輕輕放在乾草堆上。

「呼！」**外星人**如釋重負地嘆了口氣。

穀倉屋頂好幾年前就坍塌了，只留下幾面殘破不堪的牆。可是他們別無選擇。這是**外星人**眼下最好的藏身之地。

「你在這裡等，」露絲低聲說。其實有眼睛的人都看得出來，**外星人**現在除了躺在那裡之外什麼都做不了。「我馬上回來。」

高高的頭盔微微點頭，又發出一陣呻吟。

「呃啊！」

外星人舉起一隻手，似乎在求她留下來。

「我保證！」露絲補上一句，她將手輕輕放在**外星人**的肩上安撫它。

「我從來沒讓朋友失望過。呃，我之前沒交過朋友啦，但只要有了朋友，我絕對不會讓他們失望。」

外星人歪著頭，有如一隻試著理解主人的狗。

接著，露絲躡手躡腳地走到穀倉門口，探頭東張西望，確認一切安全，然後踏入黑暗。

一個人影佇立在暗處，手上還握著獵槍。

是可怕的桃樂絲姑媽。

「妳在跟誰說話？」桃樂絲姑媽質問。

「沒有啊！」露絲回答，可是速度太快，聽起來一點也不無辜。

「沒有？妳不可能一直在跟空氣對話吧！我是有點耳聾，但的確有聽到說話聲！妳把人藏在我的穀倉裡！」

桃樂絲姑媽大步走向穀倉。門上的鉸鏈晃來晃去。她用槍管推開木門。

咿呀！

就在她踏進穀倉那一刻……

轟！

田野裡的飛碟殘骸再次爆炸。

另一顆大火球照亮了整座農場。

一團黑煙直竄天際。

小麥田著火了。

嘍嘍嘍！

「失火啦！」桃樂絲姑媽跌跌撞撞地跑出穀倉，放聲大喊。「**失火啦！**」

「這附近沒有消防局！」露絲回答。

「我們必須自己滅火！不然我的農場就完了！快想想辦法，妳這個懶惰蟲！」

「這邊！」露絲拉著桃樂絲姑媽的手腕，帶她離開穀倉。「去水井那裡！」

她們匆匆跑向農場水井。只見尤里就在井邊，燒焦的尾巴泡在水桶裡，臉上露出鬆一口氣的表情。

「對不起，尤里！」露絲大喊。「我們需要那個水桶！快，大家排隊傳水桶滅火！」露絲快速安排每個人的工作。

桃樂絲姑媽放下獵槍，用桶子打水。

緊接著，尤里咬住水桶把手。

最後，露絲把水潑到燃燒的麥稈上。

嘩啦！

嗽嗽！

她把空水桶傳給尤里，然後重複剛才的流程。

黎明時分，麥田被燒得精光，留下一大片悶燃的黑色焦土。

火勢撲滅了。

他們三個都筋疲力盡。

整晚沒闔眼。

他們全身上下沾滿了大火產生的煙灰。若你以爲尤里是隻黑色小狗，不是白色小狗，也算是情有可原。

太陽從連綿起伏的田野間升起，讓大地染上溫暖的紅光。桃樂絲姑媽望著燦爛的朝陽，皺起臉，對著露絲怒吼。

「露酥！我不希望我家有煙灰！妳給我站著別動！」

露絲乖乖照做。她知道接下來會發生什麼事。這是桃樂絲姑媽所謂的「洗澡時間」。露絲一年只能洗一次澡。她閉上眼睛，張開雙臂。過沒幾分鐘，一桶冷水就猛地潑來，讓她渾身溼透。

嘩啦！

「呃！」突如其來的寒意讓露絲倒抽一口氣。

她睜開雙眼，低頭望著溼透的睡衣。頭髮和臉上的煙灰順著她的臉頰往下流。桃樂絲姑媽這麼一洗，讓她比剛才更髒了。

「不准把髒水滴得家裡到處都是！**先擦乾身體才能進屋！**」桃樂絲姑媽用命令的口氣說。「好了，我現在要幹嘛？喔，對！**檢查穀倉！**」說完，桃樂絲姑媽就拿起獵槍，大步走回穀倉。露絲跟在她後面，身上的水滴滴答答地落下。

「等一下！等等！」露絲大喊，但姑媽完全不理她。

沒多久，他們便來到穀倉門口。

「我先進去！」露絲一個箭步上前。

「別擋路！」桃樂絲姑媽推開她，揮舞著獵槍衝進穀倉！

砰！砰！

10 血跡

眼前所見讓露絲大吃一驚。穀倉裡空無一人。**外星人**不見了。

「妳看吧？」她鬆了好大一口氣。「我就說了，這裡沒有人！」

「哼！」桃樂絲姑媽噴出不耐的鼻息。「我要打電話給警長！」

「眞的有必要這樣嗎？警長應該很忙吧！」

「妳這個大笨蛋到底在講什麼！有架飛機墜毀在我的農場裡！我當然要叫警長過來！」

「不急啊！明天再打？」

「不行！不能拖到明天！我**現在就要**報警！」

桃樂絲姑媽轉過身，將獵槍扛在肩上，大步穿過冒煙的田野，回到農舍。

「我們的新朋友跑哪去了？」露絲斷聲問尤里。

尤里立刻動動鼻子，沿著小徑邊走邊聞。露絲彎下腰仔細查看路面，才明

白聰明的尤里發現了血跡。

地上濺著斑斑血點。

一滴。兩滴。三滴。

沒想到**外星人**的血和人類一樣是紅色的！至少這個**外星人**是這樣。一定是從它膝蓋的傷口流下來的。

尤里繼續追蹤血跡，情緒愈來愈亢奮。

嗅！嗅！嗅！

這隻小狗雖然只有三條腿，跑步的速度卻超快，露絲差點跟不上牠。他們飛也似地跑過**鴕鳥園**，來到小徑盡頭。已經沒路了。沒有東西可聞的尤里開始追自己的尾巴。

「汪汪汪！」牠大聲吠叫。

露絲檢查地上有沒有更多血跡，但什麼都沒發現。半滴也沒有。

她抬頭望著早晨的天空。

說不定**外星人**已經用瞬間移動的方式離開地球，回到外太空了？

不可能。如果眞是這樣，她剛才滅火時一定會注意到才對。田野周遭沒有樹可以讓人掩藏行蹤。附近唯一的建物是水井。**外星人**會不會是從穀倉一路爬出來，躲到井裡？

露絲趴在井口邊，凝視著那片黑暗。這時，井底傳來一陣聲響。

嘩啦！

「哈囉？」她的聲音在井裡迴盪。她很確定自己聽到下面有動靜。

「有人在嗎？」她又大喊。

「呃啊！」一個回音傳來。

「我那可怕姑媽已經帶著獵槍走了，你現在安全了。來吧，我拉你出來。」

外星人還來不及回答……

嗶嗚！嗶嗚！

是警笛聲！

露絲立刻直起身子，結果一頭撞上用來拉水桶的汲水裝置。

咚！

「**哎喲！**」露絲大叫，隨後又補上一句：「**哇！**警長動作還真**快**！」

11 緊身褲

露絲望向田野另一邊，滾滾塵土如
沙塵暴般急速掃過農場。

露絲心裡一陣
恐慌。
她得快點想想辦法，不然警長就
會發現**外星人**的存在了！

呼咻咻咻咻咻！
轉瞬間，一輛警車就駛進視野，
車尾拖著飛揚的沙塵。
牧場裡的乳牛四散奔逃。
唧——

露絲站在水井前，努力裝出無辜的樣子。她雙臂交叉抱胸，但總覺得這個動作好像不太自然，於是又換個姿勢，讓手垂在身體兩側晃來晃去，可是這樣也很尷尬，彷彿那雙臂膀才剛裝上去，她不曉得該拿它們怎麼辦。

嗶嗚！嗶嗚！嗶嗚！

警車緊急煞住，停在露絲面前，她連忙將手藏在背後。

嘰——————！

車子在距離她不到三公分的地方停下來。尤里立刻躲到她身後。警長用力將身子擠出車窗。整個過程花了不少時間。鎮上的居民都知道，警長很愛吃甜甜圈，事實上，此刻他戴著皮手套的手裡就拿著一個。他咬了一大口，看起來就像隻狼吞虎嚥的灰熊。

嚼！

那一口大到草莓醬從甜甜圈裡噴出來。

噗滋！

果醬啪一聲飛到露絲的眼睛裡。

啪噠！

警長的外型讓人很難不注意到他……

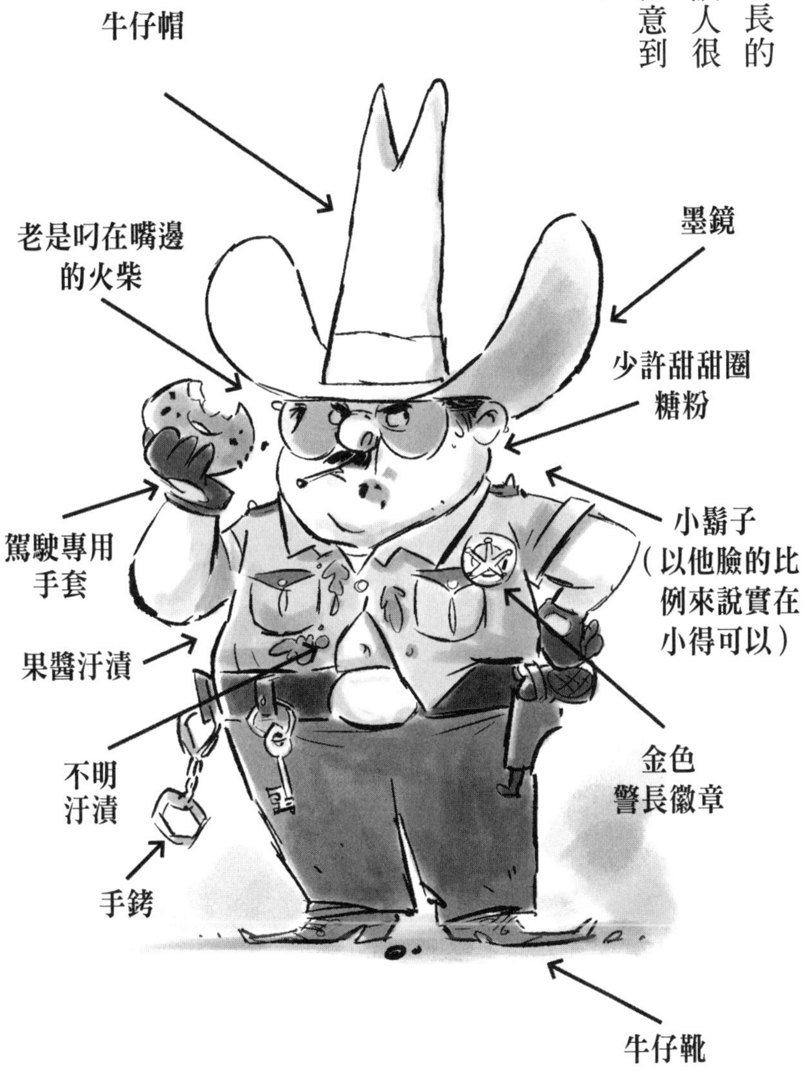

「早啊，露絲小姐。」警長開口，完全無視她沾到果醬的眼睛。每說一個字，糖粉都會從他嘴裡噴出來。

「喔！早安，警長！」露絲尖聲打招呼，假裝很高興見到他。「真是一個美好的早晨！」

「我們沒時間聊這些！」

「沒時間嗎？」

「沒有！我剛接到妳姑媽桃樂絲小姐的緊急報案電話，馬上就開著警笛飆車過來。」他拖著低沉的嗓音說。警長是認真的，這點毫無疑問。他抬起笨重的腿，一腳踩在井壁上。

咚！

他的緊身褲應聲裂開，而且是破在屁股的地方。

啪！

內褲都露出來了！

他慢慢把腿放下，摸摸褲子後面。

「不會吧，又破了！」他喃喃自語。

「桃樂絲姑媽打給你？」露絲故作驚訝地問道。但她的語氣實在太浮誇，很沒說服力。「出什麼事了？」

她能感覺到自己藏在背後的手愈來愈僵硬，只好鬆開放到前面，任憑雙臂垂在那裡，好像是那雙手是別人的一樣。

大概是紅毛猩猩的手吧。

「桃樂絲小姐說，昨晚有架飛機墜毀在農場裡！」警長露出疑惑的表情。

「喔，對，有飛機墜毀！我眞傻！居然完全忘了這件事！」

警長**瞪大雙眼**。如果有人說謊，他一聽就知道。他把油膩的鼻子湊到露絲面前，直直看進她眼底。這麼做能幫助他判斷對方有沒有說謊。顯然，這個小女孩**滿口謊言！**

他目不轉睛地盯著露絲，語速很慢，很刻意。

「飛機墜毀在農場裡這種事……不是每天都有吧？」

露絲呑呑口水。這下她要如何脫身呢？

12 大說謊家

露絲假裝思考警長的問題。

「不是**每天**都有，不是，」她開始解釋。「這個週末沒有，上週沒有，上個月沒有，去年也沒有，前年、大前年都沒有。事實上，仔細想想，以前從來沒發生過這種事！」她擦掉眼睛周圍的果醬，舔舔手指。

「嗯，眞好吃！」

那個果醬眞的**超級美味！**

「呃啊！」

一陣呻吟聲從井裡傳來！

「那是什麼？」警長問道。

「什麼是什麼？」露絲回答。她很清楚那是什麼。

「剛才那個聲音！」

「什麼聲音？」她反問。

「一個類似呻吟的叫聲！」警長追問。

「呃啊！」聲音再度傳來。

「又來了！」

「喔，那個啊！」露絲回答。「是我的肚子在咕嚕叫！」她又**說謊**了。

「我沒吃早餐。**從來沒吃過！**請問可以分一個甜甜圈給我嗎？」

她用眼角餘光瞥見警車的副駕駛座上有一大盒甜甜圈。

果醬甜甜圈、卡士達甜甜圈、巧克力甜甜圈、鮮奶油甜甜圈、原味甜甜圈、撒滿彩色巧克力米的甜甜圈……全都在喊著「吃我！吃我！」

「很抱歉，露絲小姐，但我只買了十二個。」警長搖搖頭，又咬了一口甜甜圈。

咬！

「嗯，我懂。」其實露絲根本一頭霧水。

「那麼，露絲小姐，妳有看到飛機墜落嗎？」

「沒有。」

「但妳的桃樂絲姑媽告訴我，妳的房間在農舍頂樓，裡面有架望遠鏡。」

「對。」

「所以妳整晚盯著夜空，卻什麼都沒看到？」

露絲用力地搖搖頭，臉頰肉晃來晃去。

「那是『沒有』的意思嗎？」警長追問。

「對。呃，我是說，對，是『沒有』的意思。我睡得很熟，什麼都沒看到！」又一個**天大的謊言！**

警長俯身湊上前，靠得好近好近，近到露絲能聞到他嘴裡的黑咖啡氣味。

呃嘔！

聞起來酸酸的，**好噁心！**為什麼一堆大人愛喝這種東西？眞是令人反胃。

「妳睡著了？是嗎？」警長繼續盤問。

露絲點點頭。「睡得很熟，睡到打呼！還夢見蝴蝶、獨角獸和仙子，反正就是小朋友會做的夢。後來我被一聲**巨響**吵醒，就跑出去看，結果發現一堆毫無疑問、百分之百、絕對是飛機的殘骸！我發誓，我說的都是真的，否則不得好死！」

警長那抹沾著糖粉的小鬍子抽動了幾下，似乎不太相信她的說詞。「有生還者嗎？」

「沒有。」露絲假裝難過地垂下頭。

她簡直成了**大說謊家！**

露絲試著擠出一滴淚好達到戲劇效果，可是沒成功。她只好眨眼假裝強忍淚水，吸吸鼻子，讓這場表演更生動。

吸——！

「妳確定沒有生還者？非常確定？」警長窮追不捨。

「對。呃，沒有。」

「沒有很確定？」

「有。沒有生還者。」

「到底是有還是沒有？」

「沒有。有。沒有。我不知道。」

警長搖搖頭。這個女孩的回答愈來愈奇怪，肯定是在**說謊**！「妳的小狗有聞到生還者的氣味嗎？」

「完全沒有！對不對，尤里？」露絲低頭看著牠。尤里就像隻乖狗狗，聽話地搖搖頭。就連牠也開始**說謊**了。

「好吧，那我只好自己動手搜查了，」警長若有所思地說，將最後一大塊甜甜圈塞進嘴裡。「妳說是不是？」

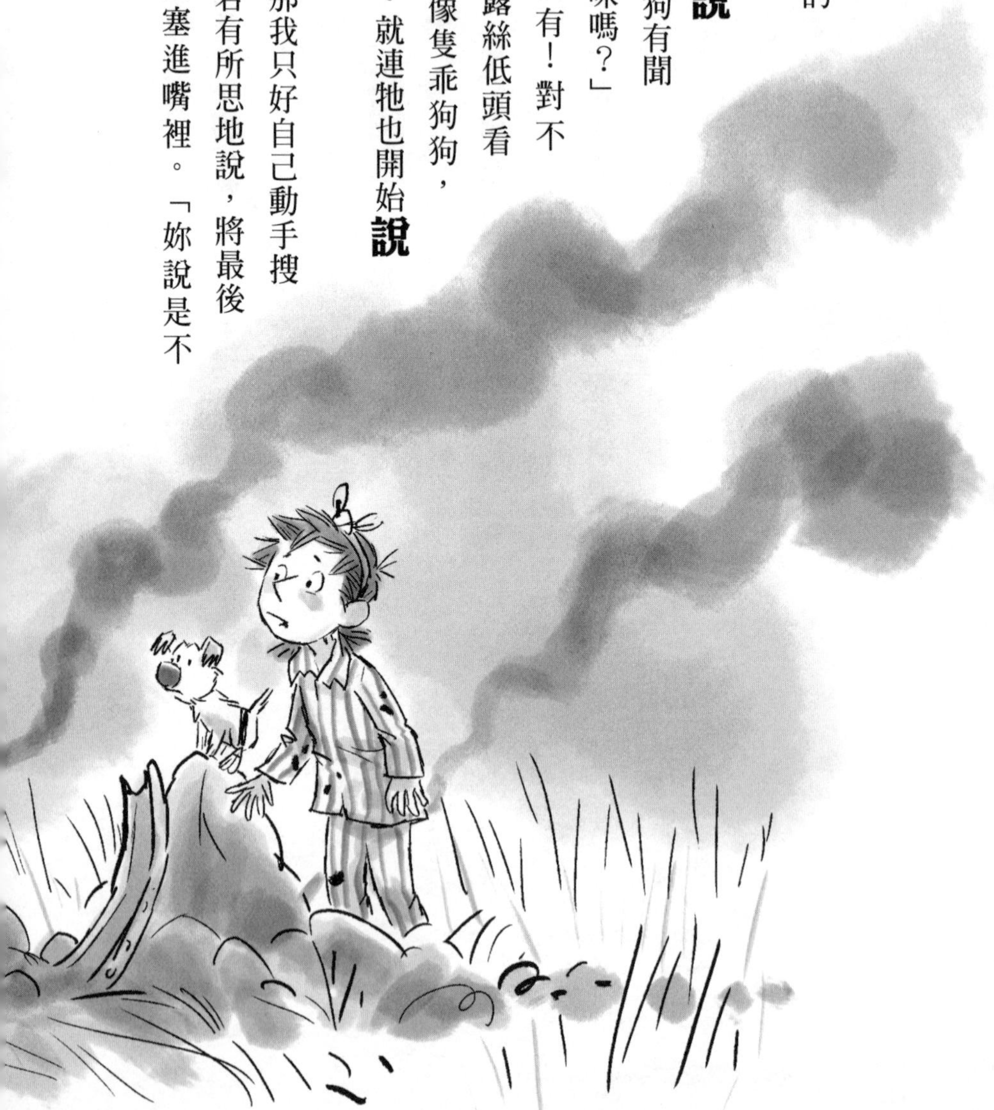

露絲聳聳肩。這個動作讓她看起來很**心虛**！

身材矮壯的警長開始慢慢走動，細察墜落現場。只要看到燒焦的地方，他就會彎下腰尋找線索；每次彎腰，膝蓋都會發出喀喀聲。

喀！喀！

他撿起一塊又一塊燒焦的金屬殘骸，仔細端詳，一副天才警探在辦案的模樣。

「看來這架飛機只剩下碎片了，對吧？」他問道。

「對，」露絲連忙附和。「我想它應該不太可能再飛了。」

警長揚起毛毛蟲般的粗眉。「還用妳說！」

緊接著，他的眼角瞥見了一個奇怪的東西。

那個艙室。

更確切地說，是艙室的殘骸。

警長不是什麼聰明人；他可能連「聰明」這兩個字都不會寫。然而，就算不是智商破表的超級天才，也知道飛機**沒有**這種又寬又圓的玻璃艙室。

「這看起來不像飛機會有的設備，」警長凝視著焦黑毀損的艙室內部。「慢著，不會吧！我在電影裡看過！這一定是那個叫什麼『**浮幽**』的東西！」

露絲嚇出一身冷汗。

「那個，警長，我想你應該很忙吧，」她連忙言辭含糊地打發警長。「我不想再占用你寶貴的時間了。非常感謝你特地跑一趟，有空再來！」

「**浮幽**！出現在這座古老的小鎮！真是令人意想不到！」

警長摘下牛仔帽，拋到空中。

然後試著接住帽子，可是沒抓到。沒關係。他拿起沾滿沙塵的牛仔帽，跳了一小段慶祝舞蹈！

「咿哈！」

他繞著水井忘情跳舞。露絲緊張兮兮地看著他，默默祈禱不會再有呻吟聲傳來。

幸好，警長才繞了一圈，就上氣不接下氣。

「呼！」他大口喘息。

他重壓露絲的肩膀，靠在她身上，大概是怕自己會昏倒。露絲覺得自己好像快要被他的龐大身體直直壓進地心了。

「呼！呼！呼！」

「你沒事吧？」露絲問道，身高似乎比剛才矮了一點。

「我得喝口水。我打些井水上來好了。」他邊說邊伸手拿水桶。

露絲驚慌失措。**不行！外星人**就躲在井裡！

13 它會說話！

「**不行！**」露絲連忙阻止。

「爲什麼不行？」警長納悶。

「裡面沒水！」

「怎麼會沒水？」

「沒時間解釋了！你該走了！」

「是嗎？」

「對！警局有很多重要的事要處理！你還要吃甜甜圈、鳴警笛，把褲子穿到裂開！」

「沒錯，我該離開了！自從老農夫吉登的山羊狼吞虎嚥地吃掉他太太的燈籠褲後，鎮上就再也沒發生過這麼戲劇化的事了！」警長說。「一艘**浮幽**！又叫飛行不明物是吧？這可是**大新聞！**比大新聞**更大！大到不**

能再大！我得去找最近的電話，然後打給中央情報局！打給聯邦調查局！還要打給鎮長！打給警長！等等，不對！我就是警長！啊，我知道了！我要打給總統！」

露絲和尤里難以置信地看著肥壯的警長助跑，跳進警車車窗。

嘍嘍嘍！

他的臉朝下，一頭栽進那盒甜甜圈裡。

啪噠！

警長好不容易坐上駕駛座，臉上沾滿了糖粉、果醬、糖霜、巧克力、卡士達醬、鮮奶油等各式各樣的醬料。

「小姐，乖乖待在那裡！什麼都別碰！」警長從車窗探出頭，大聲叮囑，接著猛踩油門，以驚人的速度疾駛而去。

呼咻！

「放心，我不會的！」露絲撒謊。

震耳欲聾的警笛聲蓋過了她的回答。

嗶嗚！嗶嗚！嗶嗚！

警車在田野上急速倒車，看起來好像隨時都有可能解體。

嘎吱！嘎吱！嘎吱！

尤里看不下去了。牠搖搖頭，用狗掌

摀住眼睛。

急速駛離的警車車尾再次拖曳出漫天沙塵，消失得無影無蹤。露絲轉身走向水井。

「哈囉！」她對著幽暗的水井大喊。**「你還在嗎？」**

井裡一片漆黑。露絲俯身向前，想看得更清楚一點。

直到她的雙眼逐漸習慣黑暗，才看見**外星人**正緊抓繩子不放。

「別怕，我的朋友！」露絲說。「警長走了，我姑媽也帶著獵槍回到農舍。沒有人會傷害你。我保證！來，把手給我。」

露絲整個人往井裡探，腳趾離地，身體就像蹺蹺板那樣往前傾，卻沒有像蹺蹺板那樣往後倒！她就快**摔下去了！**

「啊！」她滾落水井，用力撞上**外星人**。

咚！

「哎喲！」**外星人**大叫。

露絲不停下墜。她閉上雙眼。難道她的人生就要畫下句點了嗎？就在這個時候，一隻戴著手套的手牢牢攫住她的腳踝。

外星人救了她一命！

「謝謝！」露絲頭下腳上地在井裡晃盪。

「汪！汪汪汪！汪汪！」尤里高聲狂吠，慌忙跳上井口。光靠三條腿和一支打蛋器很難保持平衡——牠也跟著掉進井裡了！

「嗷嗚！」尤里嚇得大叫。

牠墜入黑暗，撞上了露絲。

咚！

「啊啊啊！」露絲往下急墜，忍不住放聲尖叫。

尤里及時咬住她的睡衣。

咬！

外星人飛快抓住尤里的尾巴。

「嗷嗚！」尤里再度哀號。

他們就這樣一個抓一個地懸掛在水井裡，中間還是隻小狗。只要一個不小心，他們就會摔得粉身碎骨。

露絲雙腳踩著溼黏的井壁死命撐住，以免掉下去。尤里坐到她頭上，毛茸茸的屁股離她的鼻子只有幾公分。

「尤里別怕，有我在！」她說。「我們快離開這裡！快點！」

下一秒，她感覺到有人抓住她的手腕。

「呃啊！」外星人一邊大喊，一邊使勁拉。

露絲慢慢離開陰暗的水井，重返光明。

接下來她只知道，他們三個躺在井邊。

「哎喲！」**外星人**抱著腿痛苦呻吟。

「你的膝蓋！」露絲驚呼。「讓我看看！」

露絲爬起來跪在地上。起先**外星人**不願把手挪開，但露絲不斷安撫它。

「沒事的。我們是朋友呀，記得嗎？」

外星人這才緩緩拿開手。

「傷勢很嚴重。」露絲一邊檢查傷口，一邊說。

外星人的膝蓋不斷滲出鮮血。一定是在飛碟墜毀時撞傷的。

「我們需要繃帶。」她喃喃開口。「我想到了！尤里，咬我的袖子！」

尤里立刻照辦。

咬！

「拔河比賽開始！」

一人一狗朝相反的方向用力拉。成功了！

唰！

露絲的睡衣袖子就這樣被扯下來。

「好耶！」她開心吶喊。「現在有綁帶了！」

她用衣袖包紮**外星人**的膝蓋，綁緊固定。

「謝謝！」**外星人**說。

「它會說話！」

14 藏身處

「對！」外星人高高的頭盔底下傳來一個低沉的嗓音，聽起來極其詭異，好像巨人在洞穴深處講話一樣。

「那你怎麼不早點開口？」露絲又問。

「我完全插不上話。」

露絲忍不住笑了起來。她的確很多話。「也對，我老是嘰嘰喳喳說個沒完！我大概有十億個問題想問你！」

「別急，慢慢來！」

「我要怎麼稱呼你呢？」

「**太空男孩！**我都是這樣叫自己。」

「好酷的名字喔！你好，太空男孩！所以你是男生囉？」

「**對啊！**妳呢？」

「嗯，有些人以爲我是男生，因爲我頭髮剪得很短，還很喜歡太空。拜託，這種觀念未免太落伍了。現在可是一九六零年代耶！」

「我也很喜歡太空！」

「你就來自外太空呀！」

「喔，對啊！」

這時，遠方傳來刺耳的警笛聲。

嗶嗚！嗶嗚！嗶嗚！

「不會吧！」露絲沒好氣地說。「文是他！」

「不能被他們發現我的存在！」**外星人**的聲音裡流露出一絲恐慌。

「爲什麼？」

「因爲要是被發現，我會有危險！」

「你怎麼知道？」

「我就是知道！」

「那我們得找個地方讓你躲起來！走吧，太空男孩！」

露絲和尤里帶著太空男孩一跛一跛地走到偏僻的農場一角。鴕鳥園附近有一間快要**倒塌**的車庫，桃樂絲姑媽把老舊的農用車停放在這裡。曳引機和收割機都壞掉生鏽，應該要送去廢車廠，但修理或拖車都要花錢，所以桃樂絲姑媽乾脆放著不管，讓設備留在車庫腐爛。

露絲小時候常爬到曳引機上玩。她會把尤里拖到車頭上，自己坐到駕駛座轉動方向盤，模仿引擎的聲音，開心地消磨好幾個小時。

轟隆～轟隆～轟隆～

露絲有個美好的夢想，那就是逃到一個遙遠的國度，一個遠離桃樂絲姑媽的世界。在那裡，她會再次見到爸爸媽媽。雖然這一切都只是她的想像，卻仍舊讓她感到安慰。

桃樂絲姑媽永遠無法奪走她的**夢想**。

這間車庫不會有人進來，就算有，露絲也知道很多可以藏**外星人**的好地方……

廢輪胎堆裡
收割機裡
乾草堆後面
屋椽上方
工具箱後面
老舊的錫製
浴缸裡
瓦斯槽後面
工作桌下
布滿灰塵的
舊床單下

他們倆硬是撬開車庫大門。曳引機立刻引起太空男孩的興趣。

「那叫曳引機，」露絲告訴他。「曳引機。曳、引、機。我們人類在農場工作時用的設備。」

「曳引機！」太空男孩重複，開始著手修理引擎。

「你這樣只是浪費時間，」露絲告訴他。「這臺老東西早就不能用了！」

太空男孩不理她，繼續用戴著厚手套的手拉拉電線，轉轉旋鈕，撥動刻度盤。

露絲和尤里互看一眼。這位來自**異世界**的訪客到底在做什麼？

話雖如此，好像也沒必要阻止他。反正這些只是老舊的廢鐵，早就壞到不能再壞了。

太空男孩不停擺弄引擎零件——露絲連那些零件的名稱都不知道。

緊接著，不可思議的事發生了。太空男孩啓動引擎，廢棄數十年的曳引機又開始微微震顫。

嘎嘎！嘎嘎！

機器的聲音聽起來好像老人在咳嗽，但沒多久就隆隆運轉，像新的一樣。

轟隆～！轟隆～！轟隆～！

難道太空男孩擁有**神奇的魔力？**

15 巨鷹

「**哇！**」露絲在噪音中大喊。「你是怎麼做到的？」

「我很懂機械。那艘飛碟就是我自己打造出來的！」

「**好厲害喔！**」露絲驚呼。「嘿！我想到一個好主意！我們可以一起幫你建造出全新的飛碟！然後，因爲我們現在是朋友，最好的朋友，死黨……」

「死什麼？」

「**死黨！**所以，也許，只是也許啦，你可以帶我去你的星球！」

「嗯……」太空男孩陷入沉思，好像很猶豫。「再看看吧！」

露絲早就興奮過頭，沒注意到他講什麼。她爬上曳引機。說不定那些逃離姑媽和農場的**夢想**，最終都能成真！她猛拉排檔桿。

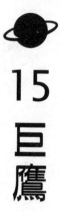

喀喀！

當然啦，她從來沒眞正開過這輛曳引機。曳引機立刻像牛仔競技表演裡的公牛一樣劇烈搖晃。

轟隆隆隆！

曳引機突然暴衝，撞向車庫的牆。**外星人**和尤里立刻跳開。

呼！

曳引機直直撞穿木板。

砰！

「救命啊！」露絲大喊，

再次猛拉排檔桿。

喀喀！

這次曳引機立刻往後衝。

轟隆～！

轟！

撞穿了車庫另一端的牆。

砰！

隨著兩道牆被撞爛，屋頂也應聲坍塌。

轟！

露絲急轉方向盤，以免造成更多破壞。沒想到曳引機開始以倒車的方式瘋狂轉圈，就像狗在追自己的尾巴一樣。

嘍嘍嘍！

「救命啊！」她再次大叫。太空男孩一跛一跛地追著失控的曳引機，然後奮力跳上駕駛座，用力踩煞車。

唧——！

曳引機不斷震動，發出嘎嘎聲，最後總算停了下來。

嘎嘎！嘎嘎！

引擎終於熄火，徹底掛點。

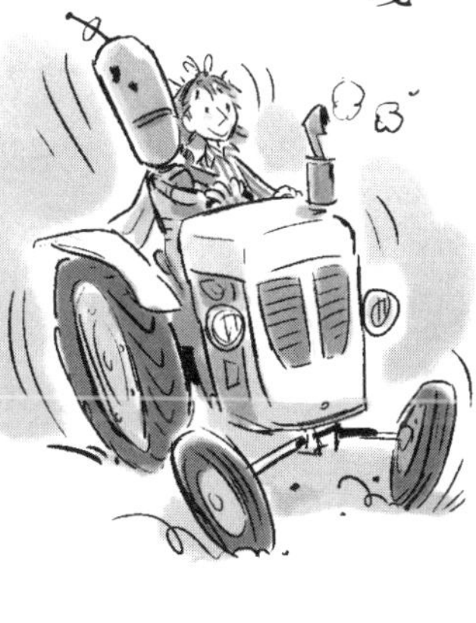

她抬頭望向天空，發現遠方有好幾架直升機。它們以整齊的隊形飛行，在空中散開，看起來就像巨鷹的翅膀。更糟糕的是，機隊正朝著農場直飛而來。露絲轉頭對新朋友說：
「你說得沒錯，這是大麻煩，而且是天大的麻煩！他們是衝著你來的！太空男孩！他們要來抓你了！」

鬼引機一停下，他們就隱約聽見一陣嗡鳴，彷彿有群巨大的蜜蜂在嗡嗡叫，而且聲音愈來愈近。

第二部

太空怪客

16 懦夫生死鬥

頭頂上的直升機隊意謂著**戲劇性的大場面**。畢竟這座小鎮從未發生過什麼令人興奮的事。在這裡，就連一隻遺失的靴子也能登上報紙頭版。

螺旋槳的嗖嗖聲愈來愈大。露絲在吵雜的噪音中高聲嚷嚷：「**我們得把你藏起來，太空男孩！快點！**」

中西號角日報
雞隻穿越馬路，背後原因成謎？
中西號角日報
驚見水桶破洞：嚇壞鎮民
中西號角日報
馬桶沖水器故障
中西號角日報
尋靴啟事：
於泥地失蹤，
如完好歸還，
致贈一美分酬謝

中西號角日報
警長又吃了
一個
甜甜圈
中西號角日報
今年聖誕節
一樣是
十二月二十五日
中西號角日報
是誰在積灰塵的
卡車引擎蓋上手寫
「我要洗澡」？
鎮長展開搜捕行動
中西號角日報
狗對著路燈桿
撒尿
中西號角日報
警方表示
「有人在餐館放屁」
中西號角日報
鳥屎轟炸
擋風玻璃

中西號角日報
鎮長喝熱咖啡
燙傷舌頭
中西號角日報
貓叫聲
太吵惹民怨
中西號角日報
硬幣不慎
落入水溝
中西號角日報
手推車輪胎
遭刺破
中西號角日報
警長吃了
一個甜甜圈

可憐的尤里渾身發抖，顯然被震耳欲聾的嗡嗡聲嚇到了。牠跳進露絲懷裡，用鼻子輕輕磨蹭她；與此同時，她飛快掃視車庫，想找個隱密的地方躲起來。

有個角落堆著幾捆乾草。沒幾分鐘，露絲就把黃色乾草捆像疊磚塊一樣疊好，在底下創造出一個小空間，足以容納他們三個。

「大功告成！躲這裡！」

她推著太空男孩的頭盔把他壓下去，然後和尤里一起鑽進草堆下的空隙。

然而，直升機隊想必已經看到他們了。因爲直升機沒有繼續往前飛，反倒在車庫上空盤旋。

螺旋槳颳出一陣狂風！

嘍嘍嘍！

一開始，先是殘破的車庫木牆開始搖晃。

嘎吱！嘎吱！

緊接著，剩下的鐵皮屋頂被掀開。

鏗啷！

然後，其中一面佇立在原地、沒被撞壞的木牆向外倒塌。

砰！

眼前的畫面就像無聲的喜劇電影，只是一點也不好笑。**事情大條了**。

疊在他們上面的乾草捆被捲到空中。

他們三個就像躲在石頭下的螞蟻一樣，很快就被發現了。露絲覺得自己好蠢。她聰明的計畫居然短短幾秒就被破解了。但現在還不是放棄的時候。她決定力拚到底。

「**曳引機！**」她在螺旋槳的噪音中艱難地大喊，抱著尤里爬上曳引機。太空男孩跟在她身後跳上車，緊緊抓著扶手。

她轉動鑰匙……

轟！

……曳引機猛然往前衝，撞穿了僅存的車庫木牆。

砰！

他們三個飛快駛進田野。露絲往後瞄了一眼，只見直升機隊低空飛行，緊追不捨，駕駛員全都戴著奇怪的頭套，散發著邪惡的氛圍。

直升機左右夾擊，在曳引機兩側盤旋！露絲陷入恐慌。這輛老舊的曳引機速度太慢，想跑贏直升機簡直是不可能的任務。

「**讓我來！**」太空男孩大聲說。

他傾身向前，猛拉排檔桿。

喀喀！

曳引機瞬間加速。

嗖嗖嗖！

沒多久，他們就甩掉了直升機隊。

露絲露出得意的笑容，可是那抹笑意一瞬間就消失無蹤。因爲她瞥見警長正開著警車狂飆，穿越田野；更可怕的是，車頂上還有個人拿著獵槍！

是桃樂絲姑媽！

警長一定是找她幫忙注意周

遭情況。此時此刻，她發現露絲開著曳引機，加速逃離直升機隊。如果這樣還不能罰禁足，那什麼理由才能罰禁足！

警車突然一個急轉彎，沿著小路朝他們疾駛而來。

警車和曳引機陷入了一場「懦夫生死鬥」。

誰會先閃開呢？

17 騎駝鳥

再過幾秒，警車和曳引機就要相撞了。

砰！砰！

桃樂絲姑媽朝天空鳴槍警告。

農場裡的母牛和公牛突然慌張地衝到小路上，顯然是被槍聲嚇了一跳。

「哞！」

這些年來，露絲逐漸對這頭老母牛和更老的公牛產生感情，她絕對不會做出任何傷害牠們的事。她急轉方向盤。

咻！

同一時間，警長也猛地改變路線。他和桃樂絲姑媽的車速比露絲他們快很多，突如其來的急轉讓車身往一邊傾斜，只用兩個車輪行駛。警車在田野上滑了好一段距離才煞住。

唧——！

露絲驚恐地回頭看了一眼。她該不會害他們出車禍了吧？幸好，桃樂絲姑媽和警長沒有受傷。桃樂絲姑媽鬆開安全繫繩，從車頂滑下來；警長則硬是鑽過車窗，來到車外。接著，桃樂絲姑媽做了一個令人意想不到的舉動。她跳到

母牛背上，開始像騎馬一樣騎牛。

「咩！」

「衝啊！」

警長不想被晾在一旁，立刻助跑跳到公牛背上。

「咩！」

「衝啊！」

不幸的是，他整個人反向跨坐，臉朝後，屁股朝前。公牛飛也似地狂奔。警長死命抓著牛皮，但公牛猛然弓背踢起後腿，就好像在參加牛仔競技一樣。

現在追捕露絲、太空男孩和尤里的有：**直升機隊**、騎著母牛的**桃樂絲姑媽**，以及背對前方騎著抓狂公牛的**警長**。

這些都讓露絲忍不住分心，沒有注意路況。就在這個時候，太空男孩大喊……

「小心！」

……尤里也發出狼嚎般的叫聲……

「嗷嗚！」

……曳引機狠狠撞上石牆。

砰！

撞擊的力道讓他們三個從曳引機上飛了出去……

咻！

……掉進滿是泥濘的鴕鳥園。

嘩啦！嘩啦！嘩啦！

露絲、尤里和太空男孩不僅全身沾滿泥巴，就連腳（和狗掌）也卡在爛泥裡。

直升機隊在上空盤旋，空氣中瀰漫著威脅的氣息。母牛和公牛躍過石牆，落到鴕鳥園旁的泥地上。

嘩啦！嘩啦！

他們三個身陷泥巴動彈不得。只見鴕鳥懶洋洋地走過來。他們隨時都可能被啄死！

啄！啄！啄！

鴕鳥凶殘起來是很可怕的。

這時，露絲腦袋裡冒出一個瘋狂到很天才的點子。桃樂絲姑媽的鴕鳥終於派上用場了。

「我們騎鴕鳥逃跑吧！」露絲提議。

「妳瘋了嗎？」太空男孩不敢相信自己的耳朵。

「沒錯！」露絲驕傲地回答。

她知道這些大鳥雖然不會飛，跑得卻出奇地快。她懷著滿滿的信心，縱身跳到鴕鳥背上。

咚！

「**嘎嘎！**」鴕鳥發出刺耳的尖叫。這也難怪，因爲以前從來沒有人把牠當成騎乘工具騎在牠背上過。

牠努力想把露絲甩下去。

「**嘎嘎！嘎嘎！嘎嘎！**」

但露絲緊抓著鴕鳥的羽毛，讓牠直視前方。

「**衝啊！**」」她一聲令下。

鴕鳥完全聽不懂，露絲只好打牠的屁股。

啪！

「**嘎嘎！**」

鴕鳥立刻往前飛奔。露絲隨著牠的步伐**彈上彈下**。

「快點！」她對著夥伴大喊。

太空男孩打量著鴕鳥，似乎猶豫不決。可是一看到桃樂絲姑媽騎著母牛、拿著獵槍大吼……

「看你往哪兒跑，外星男孩！」

……於是他心一橫，跳到另一隻鴕鳥的背上。

咚！

「嘎嘎！」

桃樂絲姑媽騎著母牛追來，又朝天空開了一槍警告。

砰！

這聲槍響讓載著太空男孩的鴕鳥不斷狂奔，速度比閃電還快。**外星人**在牠背上彈上彈下。

咚！咚！

現在只剩下尤里了。牠搖搖頭，然後助跑，跳到一隻鴕鳥寶寶的背上。

「嘎嘎！」

鴕鳥寶寶也提腿往前衝！

他們三個騎著鴕鳥越過圍場。其他鴕鳥紛紛散開讓路。

「嘎嘎！」

「嘎嘎！」

「嘎嘎！」

桃樂絲姑媽和警長分別騎著母牛與公牛**緊追在後**。他們打開駝鳥園柵門，進入圍場。

接著關上柵門。

露絲、尤里和太空男孩完全被**困住了**。

18 起飛

鴕鳥園周圍環繞著高高的鐵絲網。

「只有一個辦法！」露絲高喊。「我們得讓鴕鳥飛起來！」

「這種鳥又不會飛！」太空男孩反駁。

「牠們只是還沒學會怎麼飛。我們要教牠們！」

尤里難以置信地搖搖頭。

騎著母牛的桃樂絲姑媽和騎著公牛的警長就快追上他們了。危險近在咫尺！

露絲讓鴕鳥轉向，離鐵絲網遠一點。「我們一起出發！」她說。「讓牠們跑得愈快愈好！快，**衝啊！」**

她用腳後跟踢踢鴕鳥的側腹。鴕鳥搖搖晃晃地往前衝，速度比剛才更快。太空男孩和尤里也跟著照做。

「嘎嘎！」

「嘎嘎！」

「嘎嘎！」

鴕鳥拚命拍打翅膀，試著飛起來。他們不是順利起飛，就是一頭撞上鐵絲網。

「還沒！還沒！」露絲命令道。

一來到最適當的距離，她就放聲大喊：

「跳！」

鴕鳥知道該怎麼做。牠們跳到半空中，拍打著翅膀飛過鐵絲網。

啪！啪！啪！

「嘎嘎！」

「嘎嘎！」

「嘎嘎！」

露絲大吃一驚。竟然成功了！**他們自由了！**

就在露絲、太空男孩和尤里飛上天際時，直升機隊從後方追了上來，飛行高度低到不能再低。

嘐嘐嘐！

戴著頭套的人影探出窗外，手裡還握著**巨型爪鉤**。露絲、尤里和太空男孩還沒落地，就被他們用老練的手法逐一從鴕鳥背上抓下來。

爪鉤鉤住露絲的睡衣。

「啊！」

鉤住太空男孩的銀色太空衣。

嗖嗖嗖！

「哎喲！」

鉤住尤里的腰上的皮帶。

嗖嗖嗖！

「嗚！」

「汪汪！」

兩人一狗就這樣被吊到高空中。

「救命啊！」露絲大喊。

「不要！」太空男孩抗議。

「嗷嗚嗚嗚！」

尤里哀號。

「露——酥！」桃樂絲姑媽咆哮。

可是已經來不及了。露絲早就不見蹤影。

露絲在空中晃來晃去，看到前方好像有什麼奇怪的東西。農場附近的田裡隱約可見三輛軍綠色大卡車，旁邊還站著許多身穿輻射防護衣的人。這種衣服類似蜂農穿的工作服。呃，如果蜂農養的是被**輻射汙染**的**巨無霸**蜜蜂的話。

很明顯，他們做好了**萬全**的準備。

卡車附近有三個大塑膠圈，看起來像沒充氣的兒童泳池。露絲還來不及細想，那些人就垂下繩索，把她放到其中一個塑膠圈裡。太空男孩和尤里也一樣。

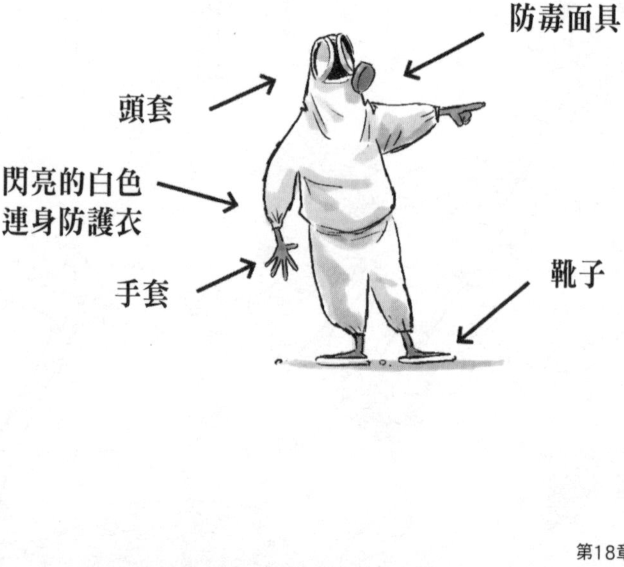

身穿防護衣的人將他們團團包圍，解開他們身上的爪鉤，再將他們推到塑膠圈正中心，然後按下三臺小型裝置上的按鈕。塑膠圈開始充氣。

嘶！

嘶嘶！

嘶嘶嘶！

一轉眼，他們就被關在**巨大的透明塑膠球**裡。穿著防護服的人將繩索連接到塑膠球頂部；直升機緩緩下降，繩索另一端牢牢扣住機身。

一切順利進行。

有人發出信號，下一秒……

嘿嘿嘿！

……他們三個就直飛上天，在風中搖盪。

19 塑膠球

儘管露絲真的很不喜歡待在這個透明的大塑膠球裡，她還是暗暗希望底下有認識的人能注意到她。畢竟不是每天都能被**巨大的**透明塑膠球包起來，懸吊在直升機下掠過天際。

看到直升機直直飛過塵土飛揚的小鎮上空，露絲好高興。她對底下的鎮民大喊，許多人都驚愕地抬起頭，下巴差點掉下來。

「大家好！我是住在農場的露絲！真的很抱歉，我停不下來！」

她在飛！這是她有生以來第一次**在空中翱翔**！這種感覺神奇到不可思議，她等了大半輩子，現在終於親身體驗到了。

三架直升機以閃電般的速度衝上雲霄。露絲俯瞰自己與地面的遙遠距離，感覺不太舒服。她吞了一口口水。**咕嘟！**

她想還是不要往下看比較好，於是便轉向右邊。只見尤里一臉困惑地在塑膠球裡蹦蹦跳跳。牠習慣追著球跑，而不是被關在球裡。

咚！～

咚！～

咚！～

她轉向左邊，看著塑膠球裡的太空男孩。雖然她已經用袖子充當繃帶替他包紮，但他的膝蓋好像還是很痛，也站不太起來。沒多久，他就像隻翻肚的甲蟲四腳朝天，躺在塑膠球底部。

太空男孩並沒有因此氣餒，反倒開始**左右**搖晃塑膠球。

起先擺盪的幅度很小，後來愈來愈大。

他不停搖動球體，途中經過深邃的峽谷、覆蓋著灌木叢的褐色山巒，以及大得像海洋的湖泊。

塑膠球在空中盪來盪去。

咻！

咻！

咻！

這比**瘋狂更瘋狂！**簡直**瘋到極致！**

太空男孩的球狠狠撞上露絲的球……

咚！～

她的球又撞上尤里的球。

咚！～

尤里的球盪回去，撞上露絲的球……

咚！～

……她的球撞上太空男孩的球。

咚！～

就像敲堅果遊戲，大家拿著穿繩的堅果互敲，看誰的堅果先被打碎一樣！

一場致命的敲堅果遊戲！

露絲必須**阻止**這一切！

立刻！

馬上！

不是馬上！

要比馬上更快！

馬上的馬上！

這個行爲之所以這麼危險，是因爲塑膠球在直升機螺旋槳附近彈上彈下，隨時都可能像氣球一樣爆炸。

砰！

不管是誰在裡面……人類、動物還是**外星人**……最後都會摔成肉醬。

啪啦！

「快住手！」露絲對著太空男孩大喊。可是已經來不及了。

太空男孩的塑膠球撞上她的塑膠球。

咚！～

撞擊的力道讓露絲瞬間跌倒。

她抬頭望著上方，發現直升機駕駛俯視著他們，臉上寫滿**驚恐**。這也難怪，畢竟眼下的情況完全在意料之外。要是**外星人**繼續撞擊塑膠球，大家都會從高空墜落，連直升機也難逃一劫。

底下的風景飛快改變。縱橫交錯的田野已成爲遙遠的回憶，此刻他們正飛向一片非常遼闊、有如外星球表面的沙漠，能得知這裡是地球的唯一線索，是一條又長又直的馬路。道路兩側矗立著高聳的紅色巨岩、丘陵與山脈，似乎通往世界的盡頭。

駕駛員別無選擇，只能展開行動。他們著手解開扣在直升機底部的纜繩。這讓露絲頓時陷入恐慌。

「不行！」露絲大喊。

可是沒用。

不到幾秒，纜繩就鬆開了。

鏗啷！

他們三個在塑膠球裡翻滾，急速下墜。

「啊！」露絲驚聲尖叫。

20 彈跳之旅

時間玩起奇妙的把戲，同時變快又變慢。露絲、太空男孩和尤里高速衝向地面，感覺下墜了好久好久。

露絲眼前閃過人生跑馬燈，種種回憶倏然湧現……

她光著腳來到農場，脖子上還掛著一塊牌子

桃樂絲姑媽那令人膽寒的表情

在路邊發現一隻三條腿的小狗，用打蛋器替牠做義肢

看到報紙報導史上
第一個上太空的人

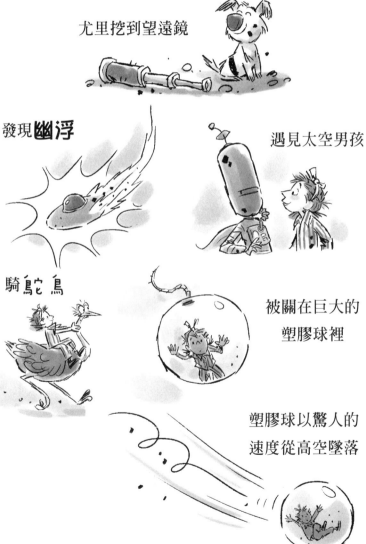

尤里挖到望遠鏡

發現**幽浮**

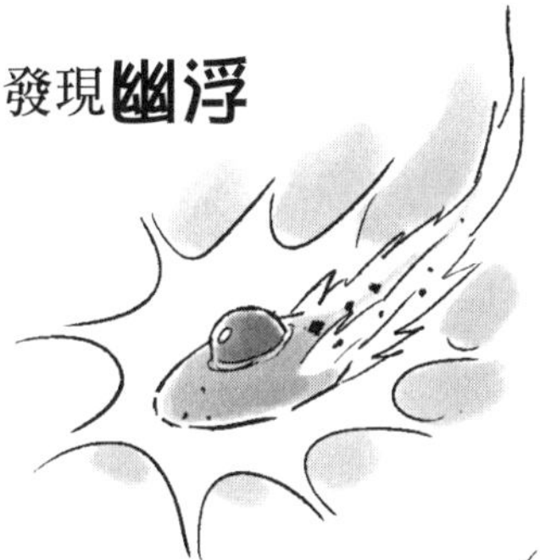

遇見太空男孩

騎鴕鳥

被關在巨大的
塑膠球裡

塑膠球以驚人的
速度從高空墜落

不對！最後一個不是回憶，而是當前的情況！**現在！此時此刻！**

但露絲無能爲力。塑膠球隨時都會狠狠撞擊地面。她閉上雙眼。

下一秒，不可思議的事情發生了。

塑膠球觸地反彈！而且彈得好高、好用力，簡直**前所未見！**

咚！～

它彈到半空中。太空男孩和尤里的球也一樣。

咚！～**咚！**～

他們在馬路上**彈來彈去**，差點撞到一輛灰狗巴士。巴士緊急煞車。

唧——！

司機狂按喇叭。

叭！叭！

他們三個**直直彈向天際！**

但是，根據萬有引力定律，彈上去的東西一定會掉下來。

咚！≈咚！≈咚！≈

他們再度落在地面。

叭！叭！

一而再，再而三！

咚！≈咚！≈咚！≈

塑膠球就這樣**彈**啊**彈**啊**彈**。他們三個試著避開矗立在路旁的巨岩，但根本閃不過。

就像在玩大型彈珠檯一樣！

咚！≈咚！≈咚！≈

露絲彈得好高。

咚！≈

尤里彈得更高。

咚！≈

太空男孩彈得最高。

咚！≈

他們就這樣一路彈跳，穿越沙漠。

「**嗚呼！**」露絲大喊，覺得自己**好自由**！這是她這輩子第一次認爲自己**所向無敵**。

可是她錯了，而且錯得離譜。

地平線上依稀可見一排移動的**黑影**。起先露絲看不太清楚，等到塑膠球的彈跳速度稍微慢下來，她才恍然大悟。

是月球車隊！

這些月球車和坦克一樣配備履帶，駕駛則身穿輻射防護衣，坐在車頂的艙室裡。車子上裝有兩隻長長的機械手臂，一隻末端爲爪鉤（看起來很像遊樂園裡的夾娃娃機），另一隻是雷射槍！

滋！

這些人到底是誰？爲什麼緊追著他們不放？露絲嚇壞了。眼看怎麼做都無法阻擋這支蒙面神祕軍隊了。

十幾輛月球車迎面而來。

他們得改變路線才行。

露絲望向左邊。

月球車！

她又轉向右邊。

更多月球車。

她回頭瞄了一眼。

數不清的月球車！

大批車隊在沙漠中直直衝向他們。

轟隆！

行經之處掀起陣陣沙塵。

嗖嗖嗖！

裝有履帶的月球車能輕鬆應付各種地形。車隊飛快橫越沙漠，輾碎了小石頭，壓扁了仙人掌，將露絲、尤里和太空男孩團團包圍。

終於，三顆塑膠球在離彼此不遠的地方停了下來。

露絲覺得自己應該扛起責任，想想下一步該怎麼做。畢竟另外兩名夥伴一個是**外星人**，一個是小狗，這似乎是最明智的做法。

「你們聽我說！」她提高音量大喊。「只有一個方法可以逃離這些月球車……」

尤里歪著頭，彷彿在試著理解她的話。

「……就是從車子身上**彈**過去！」

「妳說什麼？」太空男孩滿頭問號。

「就像這樣！」她跳上跳下，讓塑膠球彈起來。

咚！～咚！～咚！～

沒多久，他們三個就在塑膠球裡跳來跳去。

咚！～咚！～咚！～

「很好！」露絲大聲鼓勵，盡可能讓自己聽起來對這個計畫很有信心。

她率先出發，尤里和太空男孩也跟了上去，彈向月球車。

咚！～咚！～咚！～

露絲加大力道，讓自己彈得比月球車更高。現在只要抓準時機就好。

咚！～咚！～咚！～

「**穩住！**」她放聲大喊，努力保持冷靜。月球車從四面八方疾駛而來，逐步進逼。

「**等等……準備……衝啊！**」露絲大叫。

她使盡全身力氣一蹬。

咚！～

尤里和太空男孩也跟著照做。

咚！～咚！～

月球車頓時有如被關在罐子裡的昆蟲，拚命想從對方身上開過去，卻徒勞無功。

反而像疊羅漢一樣全都擠在一起。

至於露絲，她目不轉睛地看著自己製造出來的慘況。

三顆塑膠球就這樣飛越月球車隊，
落在後方的平坦沙漠上。
那些駕駛完全沒料到會這樣。
十幾輛月球車瞬間撞成一團。
砰！

這實在不是件好事，因爲她完全沒注意到自己滾向何方。

「汪汪！汪汪！」尤里狂吠想警告露絲，但眼前的混亂讓她難以別開目光。

她的塑膠球直直撞上一株仙人掌。

砰！

球體立刻漏氣，變得愈來愈扁。

嘶！

21 屁股痛痛

露絲就像這顆塑膠球一樣，覺得好洩氣。她找到被仙人掌戳破的地方，用力撕開塑膠後鑽出去。此時，身穿輻射防護衣的人開始爬出月球車駕駛艙。

「快跑！我是說……快滾，用滾的離開這裡！」她對著尤里和太空男孩大喊。

他們沒有動作，似乎不想丟下她一個人。尤里低聲嗚咽，擺出最難過的表情。牠可是裝可憐高手，特別是你在吃香腸，而牠想把香腸狼吞虎嚥吞下肚，好爲你省去咀嚼的麻煩時。眞是隻善良的乖狗狗。

太空男孩只是搖搖頭。

那群蒙面人離他們愈來愈近。露絲必須趕快行動。她爬上岩石，跳到尤里的塑膠球上。

咚！～

「快跑，尤里，快啊！」
她對著腳下大喊。

尤里立刻拔腿狂奔，滾著球穿越沙漠。

滾動！

露絲就像馬戲團表演者一樣在球頂跑個不停，努力保持平衡。

有個蒙面人想抓住太空男孩的塑膠球，幸好，太空男孩及時滾開。

滾動！

兩部月球車成功從一堆金屬殘骸中掙脫，在後方加速追趕。許多蒙面人從側邊跳上車，努力站穩腳步，伸長了手，準備抓住他們。

露絲以最快的速度拚命跑，讓尤里的塑膠球滾得**愈來愈快**。

就在這個時候，一輛月球車追上了太空男孩，雷射槍射出光束，直擊球體表面。

咻！

這一射，反倒讓塑膠球**滾得更快**。

滾動！

太空男孩超越了露絲和尤里，滾在最前面。

嗖嗖嗖！

這激起了露絲的好勝心。她加快腳步，再度追上太空男孩。

咻！咻！咻！

神祕的蒙面人不斷開火。雷射如雨點般落在塑膠球周圍，爆炸聲此起彼落。

轟！轟！轟！

不遠處矗立著許多巨岩，看起來就像高大的墓碑。

「這邊！」露絲大喊。「或許有機會甩掉他們！」

「好吧，妳說了算！」太空男孩聽起來不太相信她的話。

改變方向沒有露絲想的那麼容易，況且還有隻狗在底下的球裡狂奔，讓整件事變得難上加難，難到露絲不小心失足滑倒。

咻！

「啊！」她尖叫著往前撲，及時巴住塑膠球。她趴在球頂上，緊緊抓住塑膠球，每兩秒就滾過地面一次。

「哎喲！」

「哎喲！」

「哎喲！」

可憐的尤里不曉得該怎麼辦。看到主人的臉貼在透明的塑膠球上，讓牠嚇得加快腳步，殊不知這麼做只會讓情況變得更糟。現在露絲變成**每秒**滾過地面一次。

「哎喲！」

「哎喲！」

「哎喲！」

蒙面人乘著月球車緊追在後。露絲緊巴著旋轉的塑膠球往前滾動，不停被對方的雷射槍射中屁股。

「唉呦！」

現在她每半秒就發出痛苦的驚叫！

「好痛！」

「唉呦！」

「好痛！」

「唉呦！」

「好痛！」

「唉呦！」

露絲彷彿變成人形喇叭，只要一壓，就會**發出叫聲**。

外星人有沒有幽默感，向來是個未解之謎。如今謎底揭曉——太空男孩似乎覺得露絲的屁股遭殃很好笑。

「哈哈哈！」

每次露絲的屁股被射中，他都會忍不住**噗哧一笑！**

「好痛！」

「唉呦！」

「哈！」

「好痛！」

「唉呦！」

「哈！」

「好痛！」

「唉呦！」

「哈！」

露絲的苦瓜臉變得更苦了。

「被射中屁股一點也不好笑！」她尖聲抗議。

這句話讓太空男孩笑得更厲害。

「哈哈哈！」

太空男孩每次噗笑出聲，尤里都會低聲怒吼，想保護主人。

「吼吼吼！」

他們三個莫名組成了怪聲三重奏

「唉呦！」

「好痛！」

「哈！」

「汪！」
「唉呦！」
「好痛！」
「哈！」
「汪！」
「唉呦！」
「好痛！」
「哈！」
「汪！」

不過現在可沒那個時間錄音樂了。**逃命要緊！**

22 咬！

塑膠球沿著狹長的岩溝滾動，在錯落的巨石間穿梭。幸好，岩溝雖然寬到足以讓大塑膠球通過，卻塞不下月球車。那兩部月球車硬是想擠過去，結果直接撞上旁邊的岩石。

砰！

撞擊的力道之大，那些跳上車的蒙面人全都被拋飛到半空中……

……像破爛的布娃娃一樣摔落在地。

咻！咻！咻！

月球車嚴重毀損，沒辦法再開了。

露絲、尤里和太空男孩繼續往前滾。可是岩溝變得愈來愈窄，最後連那兩顆透明塑膠球也卡在原地，動彈不得。

嘎吱！嘎吱！

可憐的露絲被壓在大球底下。

「呃啊！」她大叫著弓起背，想推開塑膠球。可是不管她怎麼使力，球依舊文風不動。

更糟糕的是，那些摔下車的蒙面人費力爬起身，匆匆跑過岩溝，沒多久就追上來。

「我們被困住了！」露絲大喊。

「還用妳說！」太空男孩在塑膠球裡沒好氣地回答。

露絲突然靈光一閃。「我想到了！也許我可以咬破塑膠球！」

「試試也無妨！」太空男孩同意。

「只要咬一大口，塑膠球就會破掉漏氣！」

咬！咬！咬！

可是露絲的牙齒不夠尖，也不夠長，無法刺穿塑膠。

尤里湊上前，隔著塑膠球舔著她的臉。每次只要露絲有什麼煩惱，牠都會這樣安慰她。這讓露絲想到另一個主意，而且比剛才那個好多了！

「你來咬，尤里！咬下去！」她大聲說。

尤里露出尖牙……

咬！

……塑膠球就像氣球一樣瞬間爆炸。

砰！

露絲站起身，將尤里抱在懷裡，往牠頭頂用力親了一下。

「姆嘛！尤里好厲害喔！」

「破了一個！還有一個！」太空男孩在塑膠球裡大喊。

尤里知道該怎麼做。

咬！

砰！

太空男孩也自由了。

「幹得好，尤里！」他稱讚。

「他是全世界最棒的小狗！如果我們要上太空，一定要帶牠一起去！」

「當然！」太空男孩回答。

露絲再也克制不住內心的情緒。除了尤里之外，她已經很久沒有抱過別人了。她張開雙臂，撲向太空男孩，他也緊緊擁抱她。有那麼一刻，一切似乎再美好不過，彷彿她終於找到了那塊失落的拼圖，讓缺了一角的自己變得完整。

然而下一秒，那塊拼圖就不見了。有個蒙面人抓住太空男孩的手臂，用力往後拉。

拉！

「啊！」太空男孩失聲驚叫。

「放開我的朋友！」露絲大吼。

「露絲！快帶尤里逃跑！」太空男孩被蒙面人拖過

地面，扯開喉嚨高喊。

「我不會丟下你，太空男孩！」她回答。「給他好看，尤里！」

尤里立刻撲向蒙面人。

「汪汪！」

牠隔著防護衣狠咬對方的手臂，死都不肯鬆口。

「汪汪！」

蒙面人拚命想甩開這隻小狗，卻怎麼也甩不掉。

「汪汪！」

對方分心了！趁現在！

露絲抓住太空男孩的另一隻手，使盡全力把他拉回來。

「呃啊！」

太空男孩自由了！

「我們走！快點！**快走**

快走

快走！」她叫喊著。

露絲牽著太空男孩，沿著狹長的岩溝狂奔，尤里則緊隨在後。她不敢回頭，怕這樣會拖慢速度。他們不能停下來，一定要繼續往前跑，離危險**愈遠愈好**。

他們完全不曉得自己**正朝著危險奔去！**

23 溜滑梯

前方岩石上有個小洞。露絲、尤里和太空男孩急忙鑽過洞口，結果差點丟了小命！

「快停下來！」露絲大喊。此刻他們正站在深不見底的隕石坑邊緣，搖搖晃晃地試圖站穩腳步。

摩天大樓有多高，這個坑就有多深。

「哇喔！」太空男孩驚呼，努力保持平衡。幸好，他受傷的膝蓋沒有在這個時候發軟，否則他必死無疑。

尤里就沒那麼幸運了。有著三條腿和打蛋器義肢的牠跑得太快，來不及煞車，一眨眼就衝過隕石坑邊緣！尤里開始順著坑壁往下滑。

「汪汪汪！」牠嚇得大叫。

太空男孩及時抓住牠的打蛋器義肢。

抓！**外星人**將尤里拉到安全的地方。

「謝謝你！」露絲說。

「我愈來愈喜歡這個小傢伙了！」太空男孩說。

「牠也很喜歡你喔！」尤里用鼻子輕輕磨蹭太空男孩的腿，表達謝意。

沙漠裡隨處可見這樣的隕石坑，其中大多是流星撞擊地球留下的

痕跡，擁有數千年甚至**數百萬年**的歷史。這座隕石坑大到不可思議，看起來好像從天而降的月球撞出的大洞，而且形狀呈完美的圓形，許多人都懷疑事情並不單純。除此之外，隕石坑底部還佇立著一根光禿禿的樹幹。這裡可是沙漠深處，附近根本沒有樹。

露絲正思量眼前的景象時，突然聽見背後傳來一陣腳步聲。她立刻回頭，發現那些蒙面人就近在咫尺，而且雙手伸得好長，準備抓住他們！

「沒有回頭路了，」露絲說。「我們只能繼續前進。」

「太危險了！」

太空男孩連忙阻止。**「他們想要的是我，我投降就沒事了！」**

「不行！我知道他們會對你做什麼！一個來自另一個世界的**外星人**？他們一定會拿你做實驗！」她轉身望著那兩名追過來的蒙面人。「我說的沒錯吧？」

蒙面人點點頭。

「可是前面沒路了！」太空男孩說。「妳看！」

他指著旁邊的告示牌，上頭寫著：

「我們別無選擇，」露絲說。「只能滑下去，就像**溜滑梯**一樣！走吧！」

她邊說邊牽起太空男孩的手，握著尤里的腳爪。就在蒙面人攫住他們的前一秒，她縱身一躍，拉著兩名夥伴從坑洞邊緣往下跳。

「啊！」他們大聲尖叫，滑向隕石坑底。

咻！

一開始，坑壁陡到幾近垂直。簡直跟**自由落體**沒兩樣。

沒多久，角度逐漸趨緩。他們開始貼著坑壁往下溜。

超級無敵危險！

請勿前進！想都別想！真的！

趁你還沒死前快點離開！

「我的太空衣溫度過高！」

太空男孩大喊。身上的銀色太空衣開始冒出火花。

劈啪！劈啪！劈啪！

這座隕石坑
出奇地光滑。他們
以閃電般的速度飛快
溜向坑底。
嗖嗖嗖！
他們身後揚起
紅色的塵土。
呼！

露絲環顧四周，發現他們這麼一溜，竟然擦去了隕石坑表面的沙塵！

三條長長、屁股大小的拖曳痕跡露出了沙塵底下的**銀色**表面。

難怪坑壁這麼光滑，溜下來的速度這麼快。

這不是普通的隕石坑！

底下是**金屬材質！**

是人造的大坑洞！

露絲的思緒飛快旋轉，赫然意識到他們正直直衝向樹幹。

他們隨時都有可能——

砰！

來不及了！他們一**頭撞上**那棵「樹」。那也是金屬做的。

幾片塑膠「樹皮」應聲剝落。

嘩！

他們躺在滿是沙塵的坑底。露絲終於明白這個神祕物體是什麼東西。

「**這不是隕石坑！你們看！**這是超大的**雷達天線！**」她驚呼。

「真的耶，露絲！」太空男孩同意她的看法。

「汪汪！」尤里跟著附和。

他們抬起頭。只見上百個蒙面人圍成一圈，站在雷達天線邊緣。

「完蛋了！」露絲好著急。

「一定有辦法逃跑！」太空男孩說。

「對不起，我不該出這個餿主意！我們應該留在上面跟他們拚了！」露絲道歉。

「對抗那支軍隊？」

就在這個時候，平坦的坑底逐漸滑動。

露出一道縫隙。然後……**噀噀噀！**

他們三個就這樣**掉**了下去。

「啊啊啊！」

「哇啊啊！」

「汪汪汪！」

24 星際洗車場

這大概是世界上最長的溜滑梯。他們滑了好久好久，叫喊聲不斷在通道裡迴盪。

「啊啊啊！」

「哇啊啊！」

「汪汪汪！」

下一秒，一眨眼間他們便溜到盡頭，就跟剛才瞬間往下滑一樣突然。

露絲、尤里和太空男孩落到一塊柔軟的東西上，感覺應該是防撞墊之類的東西。

咚！咚！咚！

首先映入眼簾的是一座壯觀的**洞穴**，而且這座洞穴非常特別，裡面到處都是高科技設備，除了電腦和電視螢幕外，還有巨大的太陽系星圖。

如果他們認爲自己逃離了蒙面人的魔掌，那可就大錯特錯了。在點綴著石筍與鐘乳石的地底深處，還有數百位蒙面人。他們全都動也不動地站著，面對露絲、尤里與太空男孩。

周遭安靜得**詭異**。

露絲在心裡暗暗希望有人——人類、動物，甚至是**外星人**，隨便什麼人都行——能率先開口**打破沉默**。可惜沒有人這麼做。

幾個蒙面人拿著雷射槍指著他們，要他們走向輸送帶。

窸窸窣窣！

輸送帶將他們三個送進一條寬到足以讓火車通過、長度極長的玻璃隧道。

外頭的電腦不停發出嗶嗶聲……

嗶！嗶嗶！

……一大群身穿防護衣的人在隧道周圍走來走去，腳步非常急促。他們按下按鈕，轉動旋鈕，研究螢幕上的曲線圖。露絲嚇得直發抖。那些人好像在拿他們做什麼可怕的**實驗**。她瞄到呈現出骨骼影像的X光照，聽見心臟監測儀的嗶嗶聲，還有一道刺眼的紅光直射她的雙眼，讓她什麼都看不見。

這到底怎麼回事？

緊接著，強力水柱來襲，把他們噴得全身溼透。

嘩啦！

水溫冰冷刺骨。

露絲倒抽一口氣。

「嚇！」

紅色塵土與泥巴順著他們的腿流到輸送帶上。他們沿著隧道繼續前進。沒多久，幾個小噴頭冒出來，對著他們噴出類似肥皂的東西。

嘩嘩嘩！

這不是普通的肥皂，而是一種氣味強烈的化學物質。

嘶！

這種物質會帶來些微灼熱感。如果讓它停留在皮膚上太久，大概會脫去一層皮。

滋滋滋！

「汪汪！」尤里大聲咆哮。

太空男孩拚命想把那奇怪的物質擦掉。

輸送帶將他們送到一根柱子前，上面有許多末端綁著拖把的機械手臂。

咻！

手臂來回擺動，仔細擦去那些像肥皂的化學物質。

接著，一股熱空氣從一個看起來像大型吹風機的地方吹出來。

呼呼呼！

他們三個瞬間被烘乾。尤里的毛變得好蓬鬆，看起來判若兩狗。

他們緩緩通過環形感測儀，機器發出古怪的嗡嗡聲。

嗡嗡嗡！

一道雷射光射出來，掃描他們的身體。露絲注意到左右兩邊有幾個身穿防護衣的人盯著電腦螢幕，一臉很感興趣的樣子。其中一人對另一人點點頭。輸送帶突然停了下來。**停！**

「**少校**，要讓他們消失嗎？」一個聲音問道。

三支裝有雷射槍的機械手臂立刻將槍口對準他們。

露絲緊緊摀住眼睛。

她會就此蒸發，化爲煙霧嗎？

「現在還不是時候，上尉。」另一個蒙面人回答，低沉的嗓音充滿磁性。

露絲、尤里和太空男孩鬆了一口氣，踏出隧道。經過清洗的他們三個比來到這裡前更乾淨、更乾燥，也更困惑。

身穿防護衣的人紛紛退到一旁。一個身影穿過人群，朝他們走來。他的防護衣上繡著名牌，上頭寫著「**梅傑斯少校**，**最高機密祕密基地指揮官**」。從其他人閃開的速度來看，他顯然是這裡的老大。每走一步，他身上都會傳來**鏗鏘叮噹**的聲音。

有幾個人拿著攝影機，記錄這一歷史性的一刻。

「**歡迎來到地球。**」少校伸出戴著手套的手，想向太空男孩致意。**外星人**和他握握手。

「**第一次接觸完成！**」少校宣布。

其他人發出響亮的歡呼聲。

「耶！」

少校的手勁一定強到不行，因爲太空男孩就像枯萎的花兒般瞬間腿軟。

梅傑斯少校脫掉面罩、頭套和防護衣，露出底下筆挺的軍裝，胸前綴著滿滿的勳章，搞不好有一百枚也說不定。難怪他走路時會發出**鏗鏘叮噹**的聲音。梅傑斯少校不僅是英勇的戰爭英雄，而且身材高壯、帥度破表，看起來就像熟男電影明星。他的臉在整齊俐落的軍人髮型襯托下顯得格外方正，一雙湛藍色眼睛神情銳利，雙唇始終緊抿，好像這輩子從沒笑過一樣，下巴肌肉結實到就算把一瓶花放在上面也沒問題。

「**外星人**、小女孩和那隻狗已通過病毒與輻射檢驗，」梅傑斯少校表示。「確認一切安全。我再重複一次。**一切安全！警報解除！**」

一陣鈴聲響起。

叮鈴！

其他人紛紛脫下頭套和防護衣。洞穴裡擠滿了人，臉上的表情一個比一個更驚訝。他們瞪大眼睛盯著**外星人**。這些人都是軍人。不曉得露絲他們有沒有會意過來——這個大洞穴其實是座軍事基地。

「你們三個可真會跑，讓我們白費不少力氣！」少校繼續說。「直升機、塑膠球、月球車，全軍覆沒。沒想到最後你們自投羅網！歡迎！」

「對不起，太空男孩！」露絲嘆了口氣。「都是我害你身陷險境。」

他聳聳肩。「反正他們遲早會抓到我的。」

「外星人會說話！」梅傑斯少校再度開口。

人群中又爆出一陣歡呼。

「耶！」

「我當然會說話！」他沒好氣地說。「這裡是哪裡？」

「最高機密祕密基地，」梅傑斯少校的語氣非常自豪。「而且是**機密中的機密**。因爲我們美軍——全球最精銳的軍隊——就是在這裡監看有無外星太空船出沒。」

「呃，老實說沒那麼機密，因爲被我們發現了。」露絲說。

「那座隕石坑其實是巨型雷達天線。」**梅傑斯少校**解釋。

「拜託，我早就猜到了！」她惱怒地拍了一下額頭。

「好吧，聰明的小鬼！這個雷達天線主要用來探測飛碟。我們等這一刻等了好多年，終於有所突破了。我們精準定位了**外星**太空船的墜毀地點，也是在那個時候出動直升機追查你的行蹤，太空男孩！」

「喔，這樣啊。」太空男孩慢條斯理地說。「很高興能來到**最高機密祕密基地**認識各位，**梅傑斯少校**。祝你們好運。現在，如果你不介意的話，我眞的該走了。」

太空男孩拉著露絲的手，轉身準備離開。

「喔，不不不，**小太空怪客，**」少校在他們身後大喊。**「你哪裡都別想去！」**

第三部

大家都愛外星人

25 狗類

咕嘟！

露絲很確定自己聽見太空男孩在頭盔下吞口水的聲音。**外星人**很緊張，讓她也跟著緊張。

「太空男孩！我和你的初次見面不但能替我贏得榮耀，」**梅傑斯少校**指著胸前**鏗鏘叮噹**作響的勳章說。「更會成爲人類史上最偉大的時刻！」

他的菁英部隊熱烈鼓掌。掌聲終於平息，露絲尖聲說：「還有狗類。」

「小姐，妳說什麼？」少校問道，銳利的藍眼睛轉向她。

「狗類。」

「狗類？」他飛快重複。

「對！狗類！」

「妳說的『狗類』是什麼意思？」

「就是狗啊！最先發現**外星人**的是我的狗。」露絲回答。

「汪汪！」尤里點點頭。

「眞的嗎，太空男孩？」少校轉向**外星人**。

「對，眞的。那隻狗跳到我的飛碟上。一開始還我以爲自己降落在狗星球呢。」

露絲聽到他的回答，忍不住哈哈大笑。「哈哈哈！」

「狗星球？」少校冷笑一聲。

「就是由狗統治的星球。」

「就憑狗也能統治星球？」少校語帶嘲諷地說。「我養了一隻貓，名叫瑪麗蓮。其實牠是我母親的貓。每當我感到孤單寂寞時，家母都會讓瑪麗蓮來陪我睡。瑪麗蓮是個聰明的小傢伙，我可以想像宇宙裡有個由貓主宰的貓星球！但絕不可能有狗星球！」

「汪汪汪！」尤里露出尖牙，對著少校咆哮。

「這是人類——還有狗類史上最偉大的時刻！」**梅傑斯**

少校改口。

「汪汪！」尤里表示贊同。

少校的表情瞬間軟化，變得溫柔不少。他試探性地伸手摸摸尤里。

「這隻狗叫什麼名字？」他問道。

「你問牠啊！」露絲笑著回答。

少校不假思索地轉向尤里。

「狗狗，你叫什麼名字？」

露絲和太空男孩放聲大笑。

「哈哈哈！」

梅傑斯少校這才意識到自己被耍了。他氣得**臉色發紫**。

「牠的名字叫尤里。」露絲連忙開口。

「尤里？聽起來像老俄的名字！」少校咆哮。

尤里汪汪叫了幾聲。

「如果你指的是俄國人，沒錯，」露絲回答。「但『老俄』這個詞很沒禮貌，就算對狗來說也一樣。我是用太空人**尤里·加加林**的名字替牠命名的。他是我心目中的英雄。」

眾人倒抽一口氣，喘息聲在**最高機密祕密基地**裡迴盪。這個消息實在太令人震驚了。

「美國人應該把俄國人當成死對頭，不是英雄！這是鐵律！」**少校**俯身湊近露絲，舉止間散發出威脅的氣息。「妳該不會是老俄——我是說，俄國人吧？」

「不是。」露絲平靜地回答。

「很好。那妳爲什麼替妳的狗取個俄國名字？不像美國人會做的事！」

「因爲我很喜歡**太空**，就這樣。**尤里・加加林**是有史以來第一個上太空的人類，而他剛好來自俄羅斯。不過講眞的，誰在乎他是哪國人啊？換成女太空人執行任務也可以啊。」

「女太空人？」少校氣急敗壞，邊說邊噴口水。

「爲什麼不行？」露絲反問。

少校顯然被這個問題難倒了。

「這個，我……呃……」他總算有這麼一次說不出話來。

「說啊！」露絲催促，有如將鏟子遞給他，讓他挖洞給自己跳。

「嗯，呃，女太空人不是什麼好主意。女性容易引來流星，駕駛太空船倒退時可能會不小心掉進黑洞。女人的倒車技術很爛，這是不爭的事實。還有，呃……」

「還有呢？」露絲等著看他愈陷愈深。就連少校自己的人也困窘地盯著地板。

「還有，呃，她們會一口氣吃掉所有巧克力口糧！大家都知道，女性一看到巧克力就會失控，一點自制力都沒有！」

「**根本是亂扯一通！**」露絲反駁。「**胡說八道！**男人做得到的事，女人都做得到，還可能做得**更好！**」

一陣尷尬的無聲降臨。太空男孩緩緩拍手，劃破這片沉默。

啪！啪！啪！

「你有完沒完？」少校沒好氣地問他。

啪！啪！啪！

「還沒完。」太空男孩又拍了幾下。

就連尤里也舉起腳爪鼓掌。

啪！啪！啪！

終於，掌聲歸於平靜。

「多謝！」少校氣沖沖地說。「好了，太空男孩，根據我們部署多年的**外星人**造訪計畫，現在要帶你去『**歡迎來到地球**』室。即刻動身！」

26 狂躁狀態

梅傑斯少校帶著太空男孩、露絲和尤里走向停靠在基地一角的單軌列車，車身側面印有「**最高機密祕密基地專用列車**」的字樣。列車在迷宮般的洞穴中隆隆前進。他們經過一扇又一扇門，上頭的標示牌都很有意思，令人好奇。

過了好一段時間，列車終於停靠在一扇門外。門上的牌子寫著：

減壓艙　**雷達室**

點心吧　**托兒所**

歡迎來到地球室

這個房間看起來就像配備大銀幕的全新電影院。

「太讚了吧！」露絲興奮大叫。「有爆米花嗎？」

「沒有！」梅傑斯少校厲聲說。「好了，太空男孩，我們要讓你看一部介紹地球的短片。影片內容涵蓋了許多領域，能縮短熟悉地球所需要的時間所需的時間。請坐。我很快就回來。」

他們三個坐了下來。尤里跳到露絲腿上，舒服地蜷起身子。

燈光逐漸變暗，大銀幕不停閃爍。影片正式開始。

磅礴的古典樂響徹電影院。

「歡迎來到地球！」一個低沉的嗓音說。銀幕上浮出相應的字幕。

露絲從小到大沒去過電影院，也沒看過電視。她入迷地看著銀幕。

「你是第一個造訪地球的**外星生物**。很高興你選擇來到這個歷史悠久的小星球，這裡是我們人類的家園。希望你能好好享受在這裡的時光，也歡迎你再度造訪，特別是美國——目前地球上最棒的國家。地球並不是太陽系中最大的行星，然而，儘管我們尚未踏足其他星球，但我們相信，地球絕對是數一數二的好地方，因爲這裡孕育出各式各樣我們人類稱之爲……『**生命**』的東西！現在，我們要介紹一些你在地球上會遇到的生物。首先，是人類。這是男人。」

一個裸體的男性卡通人物在銀幕上揮手。露絲覺得很好笑。

「哈哈哈！」

雖然笑出來好像很幼稚，但可不是每天都看得到有裸體的男性卡通人物對你揮手。

「這是女人。」

一個裸體的女性卡通人物在銀幕上揮手。太空男孩覺得很好笑。

「呵呵呵！」他在頭盔底下偷笑。

「人類是地球上最聰明的生物！」

現在換尤里笑了。

「哈哈哈！」

「接著，是你停留在地球期間可能會遇到的動物。這是馬。這是狗。」

尤里噴出鼻息表示贊同。

「這是貓。」

尤里突然從露絲腿上跳下來，開始對著銀幕上的貓狂吠。

「汪汪汪！」

「尤里！」露絲大喊，但沒人阻止得了牠。尤里飛也似地衝到銀幕後面，因爲牠以爲貓咪就躲在那裡。露絲追上去想抱住牠，但他的速度實在是太快了。「那裡沒有貓！沒有貓啦！」

「汪汪汪！」

最後她好不容易抓到尤里，卻又被牠掙脫。

「那裡沒有貓！」

但尤里根本聽不進去。

牠開始繞著銀幕狂奔，跑了一圈又一圈。

「幫幫我，太空男孩！」露絲大聲求救，但太空男孩動也不動。「快點！」她用命令的口氣說。

露絲凶起來可不是開玩笑。太空男孩立刻從座位上跳起來，衝到銀幕後方，試著抓住尤里。

然而，這些關於貓咪的介紹和影像早就讓尤里陷入**狂躁狀態**。他跑回銀幕前，對著上面的貓**叫**啊**叫**，**叫個不停**。

「汪汪汪！」

尤里助跑了一段距離，然後縱身一躍，張大嘴巴想咬那隻貓。

吼！

牠飛快掠過空中，撞破了銀幕。

啪！

尤里不停翻滾，狠狠撞上**外星人**的頭。

砰！

比這更用力。

砰——！

好多了。

外星人猛地往後倒。

他**咚**的一聲撞到地板，高高的頭盔旋即滑落。這是他第一次露出眞面目！

頭盔底下的樣子讓露絲震驚到不能再震驚了……

27 只是個男孩

那是一個**男孩**，一個長相普通的男孩，根本不是什麼**外星人**。男孩慌慌張張地爬起來，用戴著手套的手遮住臉，但爲時已晚。他的祕密不再是祕密了。

「你只是個男孩！」露絲低語。

「對，」他的聲音高得出奇。「我騙了妳，眞的很對不起！」

露絲心裡好受傷，有種被背叛的感覺。她又生氣，又困惑，眼裡噙滿淚水。

「我以爲我們是朋友。」

「我們是朋友啊。」

「不，才不是！我從小到大都沒有朋友，如今終於有了，卻只是一場殘酷的騙局！」

「我不是故意要騙妳的！」

「你就是故意的！**我討厭你！**」

「拜託不要討厭我。」男孩搖搖頭。「聽我解釋好嗎？」

「你**到底**是誰？」露絲氣沖沖地質問。她不喜歡別人把她當傻瓜。

男孩猶豫了一下。「我的眞名叫凱文。」

「一個名叫凱文的**外星人**！才怪！」

「我只是個男孩，一個名叫凱文的男孩，不是**外星人**。我就住在隔壁的小鎮。」

「你說什麼？」故事的發展愈來愈奇怪。

「我打算離家出走。」

「爲什麼？」

「因爲我爺爺。他很恨我。」

「你跟你爺爺一起住？」

「對，」他停頓了一下。「我爸媽已經不在了。」

露絲凝視著他的雙眼。「我也是。」她緩緩開口。

凱文上前一步。「我爺爺對這個世界充滿憤怒，只會整天喝威士忌，拿我當出氣筒！」

「我姑媽也是。只是她清醒得很，不會酗酒而已。」

「我有看到，也有聽到。」凱文說。

「可是，拜託，這還是無法解釋你爲什麼要僞裝成**外星人**啊！」

凱文整理腦中的思緒。

「其實我離家出走很多次了，但每次都被爺爺抓回去。他會罰我連續禁足好幾天，要我不准離開拖車、不准跟朋友見面、不准講話，有時甚至長達好幾

個禮拜。」

「聽起來跟酷刑沒兩樣。」

「對啊。所以我知道自己必須**想遠一點**，應該去爺爺永遠找不到我的地方。最後我選擇了太空！」

「太空？」

「嗯。」

「你本來打算逃到——」露絲說不出口。這個想法實在是太荒誕了。「外太空？」

「爲什麼不行？反正我也沒什麼好失去的了。」

露絲一時語塞。雖然她一直夢想著有一天要探索太空，但這種**危險**又**瘋狂**的事完全超乎她的想像。「不行的原因有很多啊！你到底要怎麼飛去太空？」

「當然是自己打造太空船啊！」凱文回答。「我也的確這麼做了，只是後來墜毀而已。」

「那艘太空船真的是你自己做的？」露絲好訝異。

「對啊。我花了三年的時間才完成呢！」

「**哇！**」露絲大感佩服。

「我研究了所有以**外星人**為主題的漫畫和電影，知道**外星人**坐的是飛碟。至少在那些故事裡是這樣。所以我決定用廢金屬打造飛碟。我爺爺經營一間廢金屬回收廠，我就從那裡偷拿材料和零件，焊接在一起，建造出一艘太空船。引擎則來自一輛年久失修的曳引機。」

「難怪你會修理桃樂絲姑媽停在車庫裡的老曳引機！」

「我覺得自己很懂機械，也很擅長修東西，但爺爺不喜歡我搞這些。圓形玻璃艙是從舊的直升機駕駛艙拆下來的，那架直升機在替作物噴灑農藥時墜毀了，我就拿來利用。」

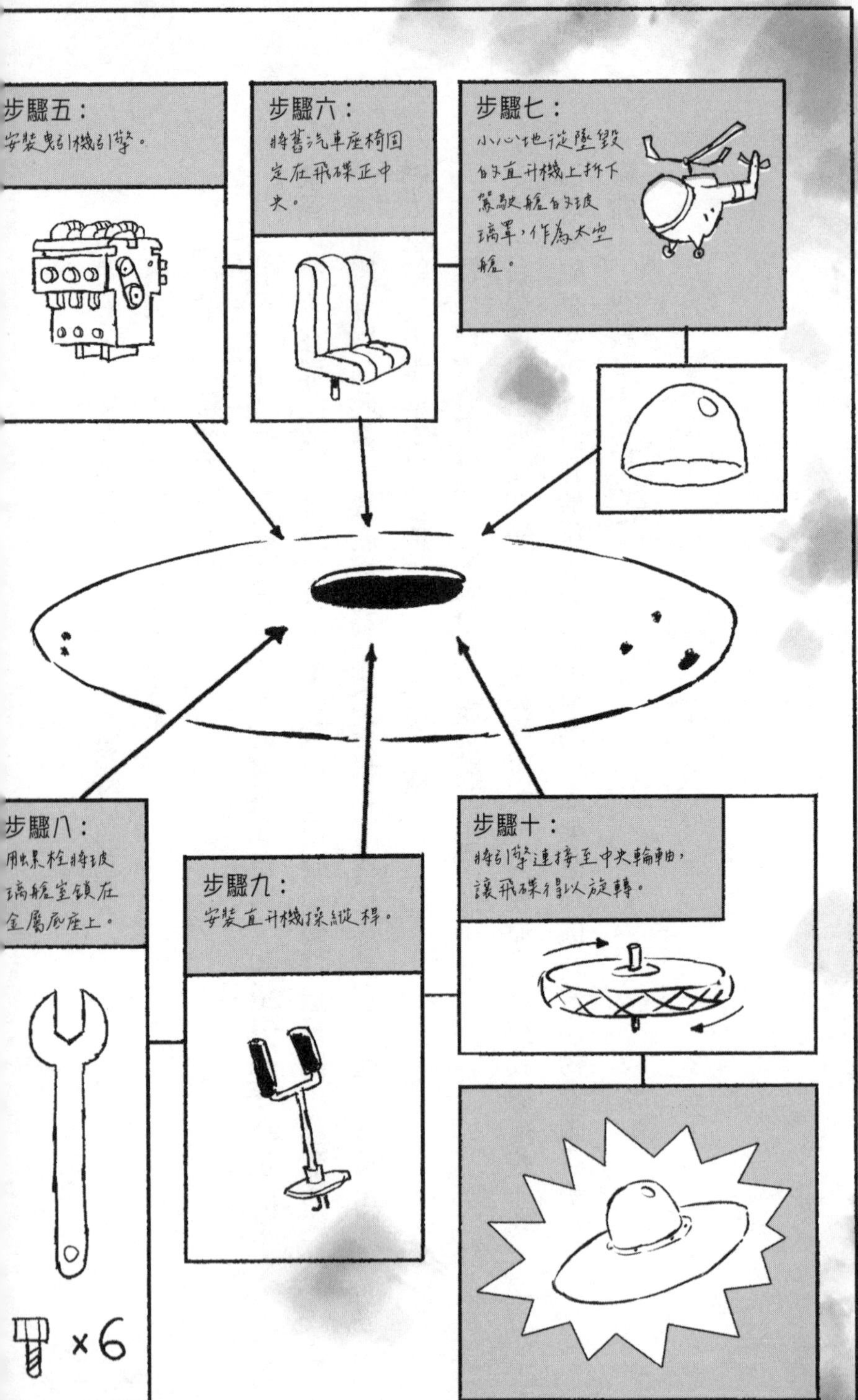
步驟五：
安裝曳引機引擎。
步驟六：
將舊汽車座椅固定在飛碟正中央。
步驟七：
小心地從墜毀的直升機上拆下駕駛艙的玻璃罩，作為太空艙。
步驟八：
用螺栓將玻璃艙室鎖在金屬底座上。
步驟九：
安裝直升機操縱桿。
步驟十：
將引擎連接至中央輪軸，讓飛碟得以旋轉。
×6

如何打造屬於自己的

飛碟*

*（請勿在家嘗試）

步驟一：

找一間廢棄的舊穀倉。

步驟二：

蒐集廢金屬。

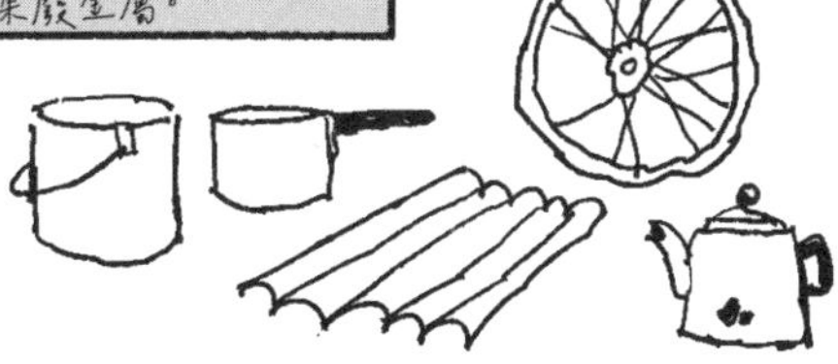

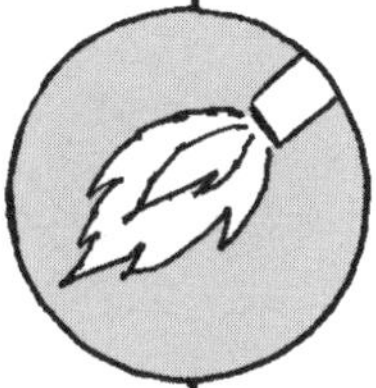

步驟三：

用噴燈替金屬塑形。

步驟四：

焊接金屬片，做出完美的圓形結構。

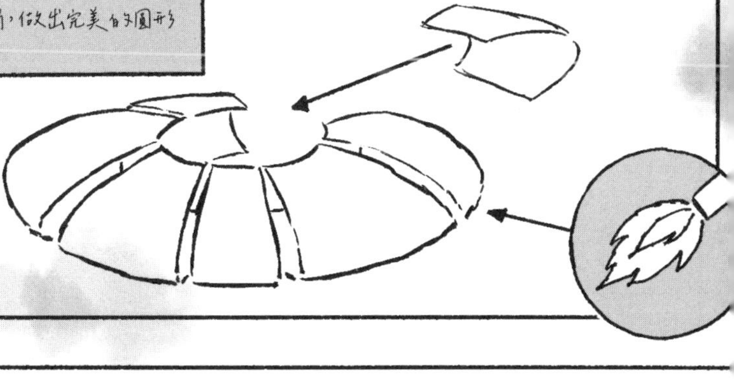

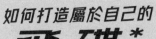

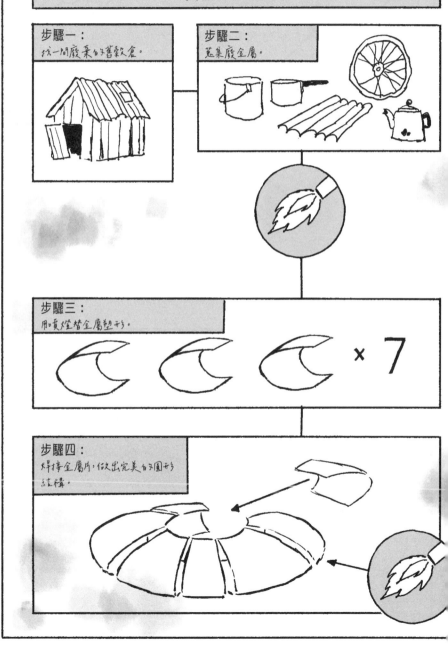

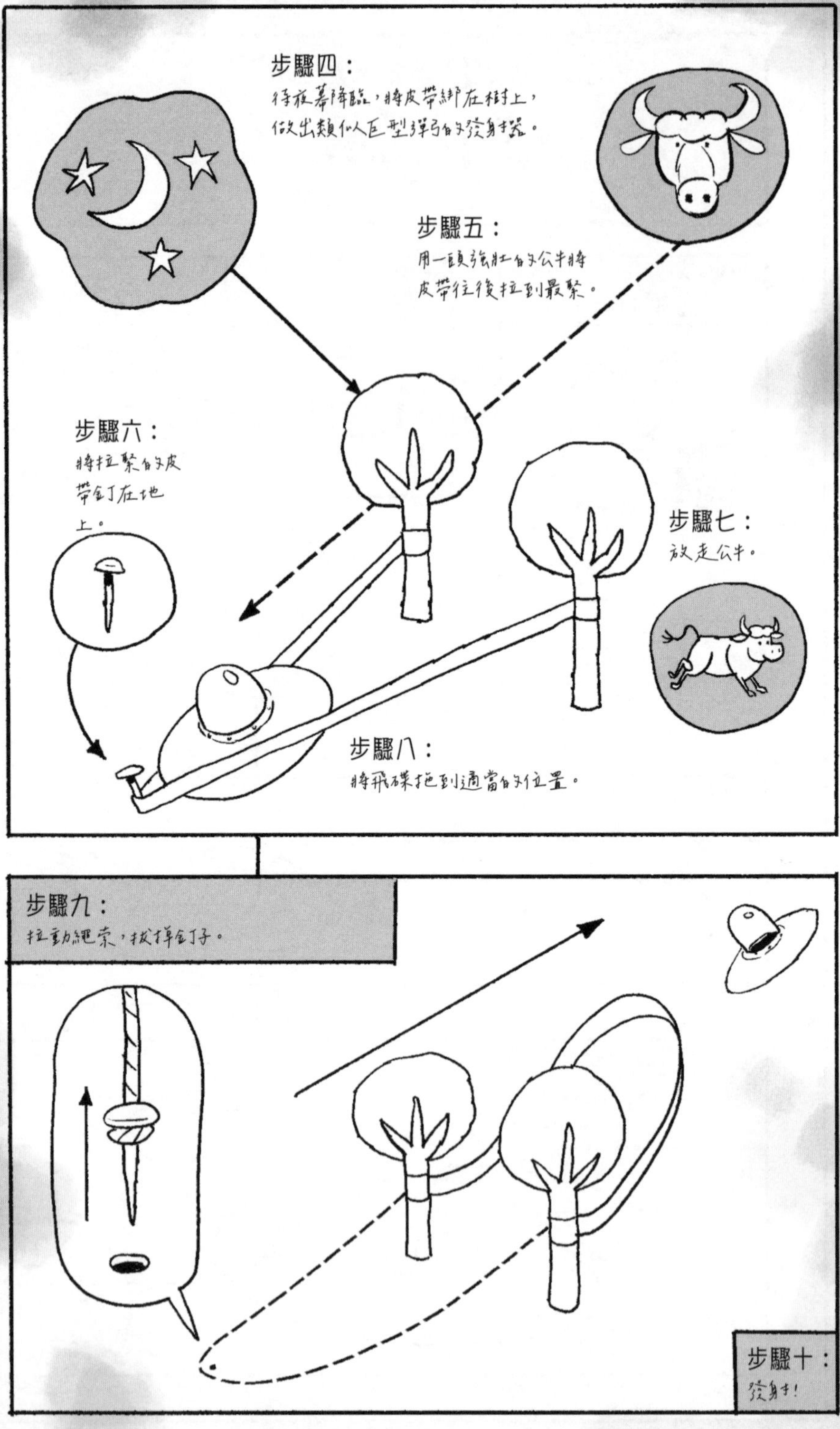
步驟四：
待夜幕降臨，將皮帶綁在樹上，
做出類似巨型彈弓的發射器。
步驟五：
用一頭強壯的公牛將
皮帶往後拉到最緊。
步驟六：
將拉緊的皮
帶釘在地
上。
步驟七：
放走公牛。
步驟八：
將飛碟拖到適當的位置。
步驟九：
拉動繩索，拔掉釘子。
步驟十：
發射！

「那你是怎麼讓飛碟發射升空的？」

「這部分真的很難。」凱文回答。「有些聯合收割機上有很寬的橡膠皮帶。我拿了十條接在一起，綁在兩根樹幹上，做出簡易的巨型彈弓。」

「太天才了！**很瘋**，但是很天才！」

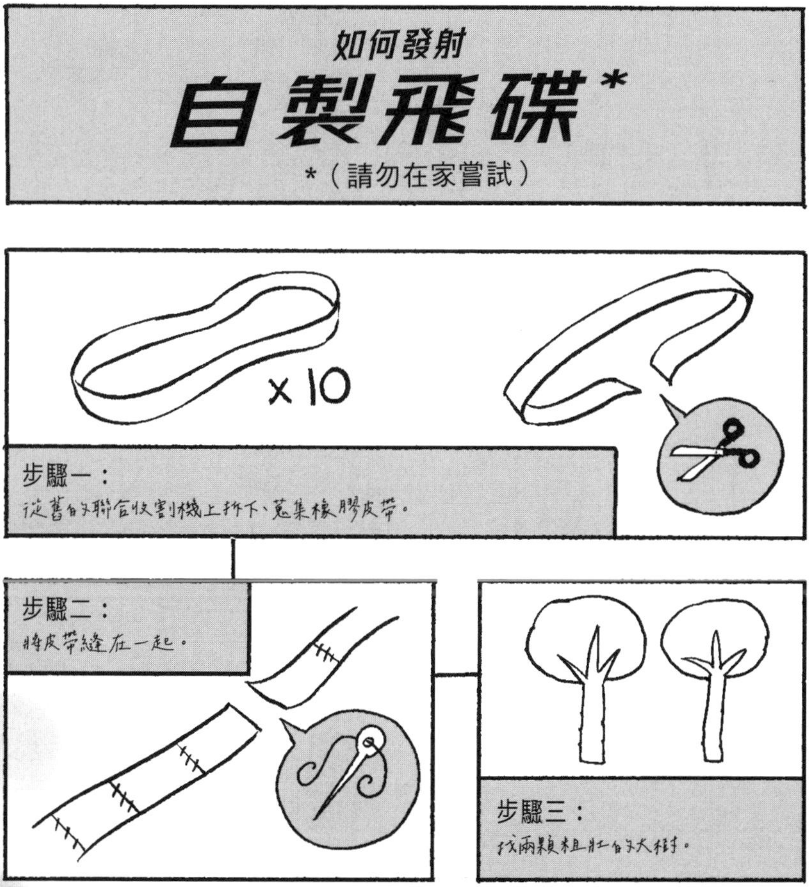
如何發射
自製飛碟*
*（請勿在家嘗試）
x 10
步驟一：
從舊的聯合收割機上拆下、蒐集橡膠皮帶。
步驟二：
將皮帶縫在一起。
步驟三：
找兩顆粗壯的大樹。

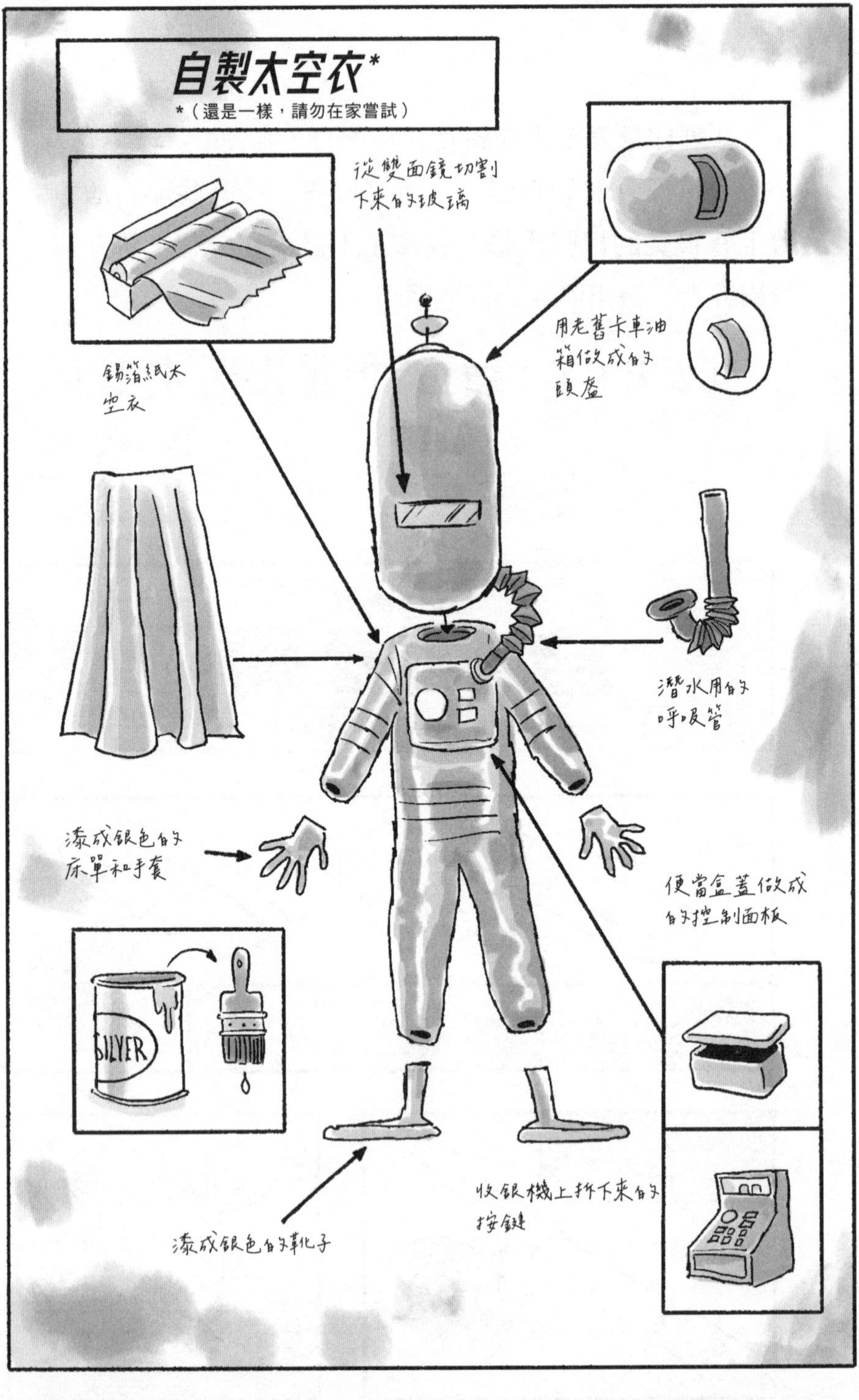

自製太空衣*
*（還是一樣，請勿在家嘗試）
從雙面鏡切割下來的玻璃
用老舊卡車油箱做成的頭盔
錫箔紙太空衣
潛水用的呼吸管
漆成銀色的床單和手套
便當盒蓋做成的控制面板
SILVER
收銀機上拆下來的按鍵
漆成銀色的鞋子

「我拿錫箔紙做了一套太空衣，還用舊卡車的油箱做了一頂頭盔。」凱文繼續說。「昨晚我一直等到爺爺睡著。」他解釋。「他對我大吼了好幾個小時，最後醉醺醺地躺在沙發上睡死。我知道自己必須把握機會。我再也受不了這種生活了！所以，我朝未知的世界邁出一步，發射飛碟**飛向天空！**」

28 保密到家

「你可能會死掉欸！」露絲飛快開口。

「我知道，」凱文回答。「但我願意冒這個險。」

「你眞的很勇敢。」

「或是很蠢。」

「你才不蠢。這些都是你自己做的耶！」她指著他的太空衣說。「所以，到底是哪裡出了問題，導致飛碟墜毀？」

「一定是燃料外洩，」他回答。「因爲飛碟一發射，我就啓動引擎，沒多久船體就**起火了！**」

一想起這件事，他忍不住睜大雙眼，眼底盈滿恐懼。

「飛碟就這樣墜落地面？」露絲問。

「對啊！」他難過地說。「我差點直接衝進農舍。我拚命拉高飛碟，最後險險擦過農舍屋頂。」

「謝天謝地，幸好你成功了。」

「接著我就墜毀在田野裡了。」

「我就是在那個時候找到你的。」露絲說。

「我很高興妳有來找我，」凱文笑著回答。「不然我可能會被那些殘骸炸死。」

露絲揚起微笑。「可是我不懂，爲什麼你後來還一直假裝自己是**外星人**呢？」她又問。

「我不想讓別人知道我的身分。要是被爺爺發現這些年來我一直在偷回收廠裡的廢金屬和零件，我一定會過得生不如死。」

「我不會告訴他啊。」露絲回答。

「當時我無法確定嘛。我那時覺得守住這個**祕密**比較好，絕對不要讓任何人知道。但現在我不需要說謊了！」

「說得好！」露絲附和。「接下來該怎麼辦呢？」

「不知道。要是這些大人發現眞相，我**麻煩就大了。**」

「我也是。」

「我們靜待時機，順其自然，」凱文再度開口。「說不定會很好玩。」

露絲綻出燦爛的笑容。「我覺得到目前爲止都還滿好玩的，但也很危險，不是嗎？」

「我喜歡危險。」

「我也是！」

「但我們不可能永遠瞞下去。所以，一旦那一刻來臨，我們三個就一起逃跑，就此消失在某個地方，遠離這些糟糕的大人。」

「聽起來很棒！」露絲回答。

「汪汪！」尤里表示同意。

就在這時，**「歡迎來到地球」**室的門突然打開。

凱文嚇得睜大雙眼。

「救我！」他用氣音說。

露絲急忙幫他戴上頭盔，把他扶起來。

就在凱文站穩腳跟時，**梅傑斯少校**的頭從銀幕上那個大小跟狗差不多的破洞鑽出來，狠狠瞪著他們。

「妳的狗毀損了**政府財產**！不管妳和那隻笨狗從哪裡來的，立刻給我回去！」他厲聲喝斥。

「可是——」露絲開口想抗議，卻被太空男孩打斷。

「不行！」太空男孩用詭異的**外星人**嗓音說。**「讓那個女孩和小狗留下來陪我，不然我就直接飛回太空！」**

少校舉起一隻大手。「先別走，太空男孩！拜託！」他懇求。「我想讓你見見幾個人。我要馬上聯絡總統！」他朝下屬大吼：「把**紅色電話**拿來！」

29 粉紅色電話

「我們找不到紅色電話！」洞穴深處傳來一聲吶喊。

「找不到紅色電話是什麼意思？」少校質問。

「我們從來沒用過紅色電話，所以沒有人知道放在哪裡！」

「一定就在**某個地方**啊！」

「我們**每個地方**都找過了！」

「再找一遍！」少校命令道。

那個聲音停頓了一下，再度開口：「我們找了很多次，還是找不到。倒是找到一臺**粉紅色電話**！」

「我不能用粉紅色電話打給美國**總統**！」**梅傑斯少校**大發雷霆。

「爲什麼不行？」露絲納悶。「總統又不會知道電話是什麼顏色。」

「有道理！」少校轉頭對著那片黑暗大喊：「馬上把粉紅色電話拿來！」

他的下屬將粉紅色電話遞給他。

露絲、太空男孩和尤里只能聽到少校說的話，其他的全靠猜測。

「**白宮**嗎？我是**最高機密祕密基地**的**梅傑斯少校**，請幫我轉接總統。情況**代號**X。我再重複一次，**代號**X。啊！早安，總統先生。我用紅色——呃，應該說是淡紅色電話打給您。抱歉打擾了，總統先生，但這件事很重要，非常重——！當然，我會長話短說，總統先生。不好意思，線路是不是有點問題？我聽見很吵的背景音！抱歉，總統先生，我不知道您在進行總統式小便。不，現在好多了。哦，還有一點？請繼續，總統先生。結束了嗎？太好了。天哪！

又有一陣嘈雜的噪音！是您在沖水嗎，總統先生？您說得對——上完廁所一定要沖水！不，總統先生，我想第一夫人應該不喜歡您不沖水！我直接切入正題。我們剛才在**最高機密祕密基地**完成了第一次接觸！跟誰第一次接觸？跟**外星生物**啊！不，總統先生，對方絕對不是什麼來自紐約的人，而是活生生的**外星人**！他長得怎麼樣？」

梅傑斯少校瞥了太空男孩一眼，刷新記憶。

「身高不高，穿著銀色服裝，自稱『太空男孩』。他想不想去白宮？沒問題，總統先生，我現在就問他！」

露絲和太空男孩互拋了一個擔憂的眼神。情況似乎**一發不可收拾。**

「我有其他安排了！」太空男孩連忙回答。

「他很樂意！」**梅傑斯少校**說謊。

「什麼？」露絲飛快開口。

「我們會在一小時後降落於白宮草坪，總統先生！」

他掛上電話。

叮！

「把粉紅色電話漆成紅色！」少校命令道。「我不能用粉紅色電話！會被人說閒話的！」

「遵命，長官！」一個聲音回應。

「剛才那是**總統！**」**梅傑斯少校**說。

「嗯，我有猜到。」露絲回答。

「準備超級**直升機！**我們立刻出發！」他大吼。

太空男孩慢慢轉頭看著露絲。

事情**愈來愈失控了！**

30 天大的麻煩

沒多久，露絲、尤里和太空男孩再度坐上單軌列車，駛過綿延數十公里的洞穴鐵路，來到一扇門前。上面的標示牌寫著：

最高機密祕密基地位於地底深處，直升機要怎麼起飛？

話雖如此，基地停機坪上確實停放著一架閃閃發光、很有未來感的直升機。昂然屹立的金屬灰機身配上黑色防彈玻璃窗，外面還有一層厚重的裝甲，看起來就像一輛會飛的坦克。然而，這架**超級直升機**機身側面直接印上「**最高機密祕密基地專用**」十個大字，無疑是告訴大家這個基地的存在。露絲抬起頭，望著螺旋槳上方的岩石天花板。螺旋槳開始轉動……

咻咻！

超級直升機

……引擎高速運轉。

轟隆隆！

露絲、太空男孩和尤里被塞進後座。

梅傑斯少校瘋了！露絲心想。我們死定了！

螺旋槳轉得**愈來愈快**。露絲能感覺到巨無霸裝甲直升機緩緩離地。她閉上雙眼，緊抱住尤里，做好最壞的打算。下一秒，她察覺到自己似乎愈飛愈高，於是便睜開雙眼。令人驚訝的是，岩石天花板竟然滑到一旁，形成一個出入口。**超級直升機**在空中盤旋，天花板緩緩關閉。就像雷達天線一樣，這些全都是人造的，而且完美融入自然環境。

你不得不佩服這些駐守在**最高機密祕密基地**的人。爲了跟眞正的**外星人**接觸，他們可是砸了**一大堆錢**，做好最萬全的準備。

超級直升機慢慢轉向，直到金屬灰色機鼻對著太陽。他們在空中停留片刻，然後沿著一條完美的直線高速前進，一路上完全沒有偏離那條線。

超級直升機上有兩排面對面的座位，感覺有點尷尬。露絲、尤里和太空男孩坐在一邊，**梅傑斯少校**坐在另一邊。他穿著軍裝，戴著軍帽，身上的勛章多到數不清，幾乎看不到底下的外套。從他的言行舉止來看，他顯然一點也不喜歡這位**傲慢**的露絲小姐。

「小姐，別再搶風頭了！」他大吼。

「我不懂你的意思。」露絲覺得莫名其妙。

「我認爲最好不要告訴總統，妳是第一個接觸**外星人**的。」

「爲什麼？」

「因爲我想再添一枚勛章！妳看，這裡不是有個完美的空位嗎！」他指著外套上那個跟螞蟻差不多大的小空隙說。「家母想必會爲我感到驕傲！」

「不好意思，你應該問尤里，」她回答。「最先遇見太空男孩的是牠！」

接下來的旅程中，**梅傑斯少校**一直在生悶氣。

太空男孩始終低頭保持沉默，以免頭盔再度滑落，不然他們一定會惹上

天大的麻煩。

以下是實用的**麻煩**等級表：

- 沒有把甘藍菜吃完
- 吹熄兄弟姐妹的生日蛋糕蠟燭
- 忘了寫作業
- 在餐桌上打嗝
- 上課打瞌睡
- 在泳池裡尿尿
- 吃光罐子裡的餅乾
- 用厚臉皮的態度面對校長
- 把奶奶當成出氣筒
- 在牆上亂塗鴉、寫髒話
- 假裝自己是來自另一個星系的外星人

很快的，窗外的風景與大地的色彩開始改變。翠綠的草木取代了紅褐色沙岩。小尤里不停點頭打瞌睡。

齁齁齁！齁齁齁！齁齁齁！

露絲和太空男孩各拿到一大包洋芋片。太空男孩不敢冒險脫下頭盔，所以露絲連他的份一起吃了……

咔滋！

……她的眼裡閃爍著快樂的光芒。

咔滋！

太空男孩把頭靠在露絲肩上，兩人小睡了一下。過了一會，露絲倏地睜開雙眼，壯觀的灰色大城市逐漸映入眼簾。無數高樓如火箭般昂然聳立，直探天際。

白宮（全球最知名的建築之一）的輪廓逐漸變得清晰，太空男孩負傷的膝蓋開始顫抖。露絲把手按在他身上，試著安撫他。少校立刻提出質疑。

「**外星人**怎麼了？」他在**超級直升機**的引擎聲中提高音量大吼。

「太空男孩沒事！」露絲說謊。

「我只是想太空尿尿。」

太空男孩補上一句。

露絲忍不住爆笑。她不知道太空尿尿和一般的尿尿有什麼不同，但聽起來很有趣。

「你們**外星人**小便的方式跟我們人類一樣嗎？」少校追問。

太空男孩停頓片刻，開口回答：「**外星人**小便是往上流，不是往下流。」

「有意思！」少校的眼睛一亮。「往上流的小便或許可做爲軍事用途，殺得敵方措手不及！」

31 地球上權力最大的人

太空尿尿的話題持續進行；與此同時，**超級直升機**緩緩降落在**白宮**的草坪上。他們很快就會見到美國**總統**——地球上權力最大的人。露絲透過**超級直升機**的黑色窗戶往外看，只見一排排衣著俐落、狀態絕佳的總統隨扈立正站好，準備迎接他們。直升機門一打開，隨扈就飛快敬禮。

毫無疑問，太空男孩與另外兩名夥伴是重量級貴賓。

露絲的心怦怦狂跳。她就和太空男孩一樣身陷謊言的泥淖。欺騙別人讓她覺得很不安。這個來自隔壁小鎮、假裝是**外星人**的男孩究竟還能演多久？

他們在少校的帶領下越過白宮草坪。**超級直升機**的螺旋槳終於震顫著直至停下。

「總統先生！」梅傑斯少校興奮高喊。

露絲聽見遠方傳來擊球的聲響。

鏗！

她抬起頭，瞥見一個白色小點自空中呼嘯而過。

嗖嗖嗖！

她及時蹲下閃避。小白球恰巧掠過她的頭頂。

唰～。

梅傑斯少校就沒那麼幸運了。高爾夫球直直打中他的頭……

砰！

咚！

……讓他昏了過去。

胸前的勛章撞上地面。

鏗啷！叮噹！鏗啷！

梅傑斯少校就這樣臉朝下，倒在**白宮**的草坪上。大家都不曉得該怎麼辦。

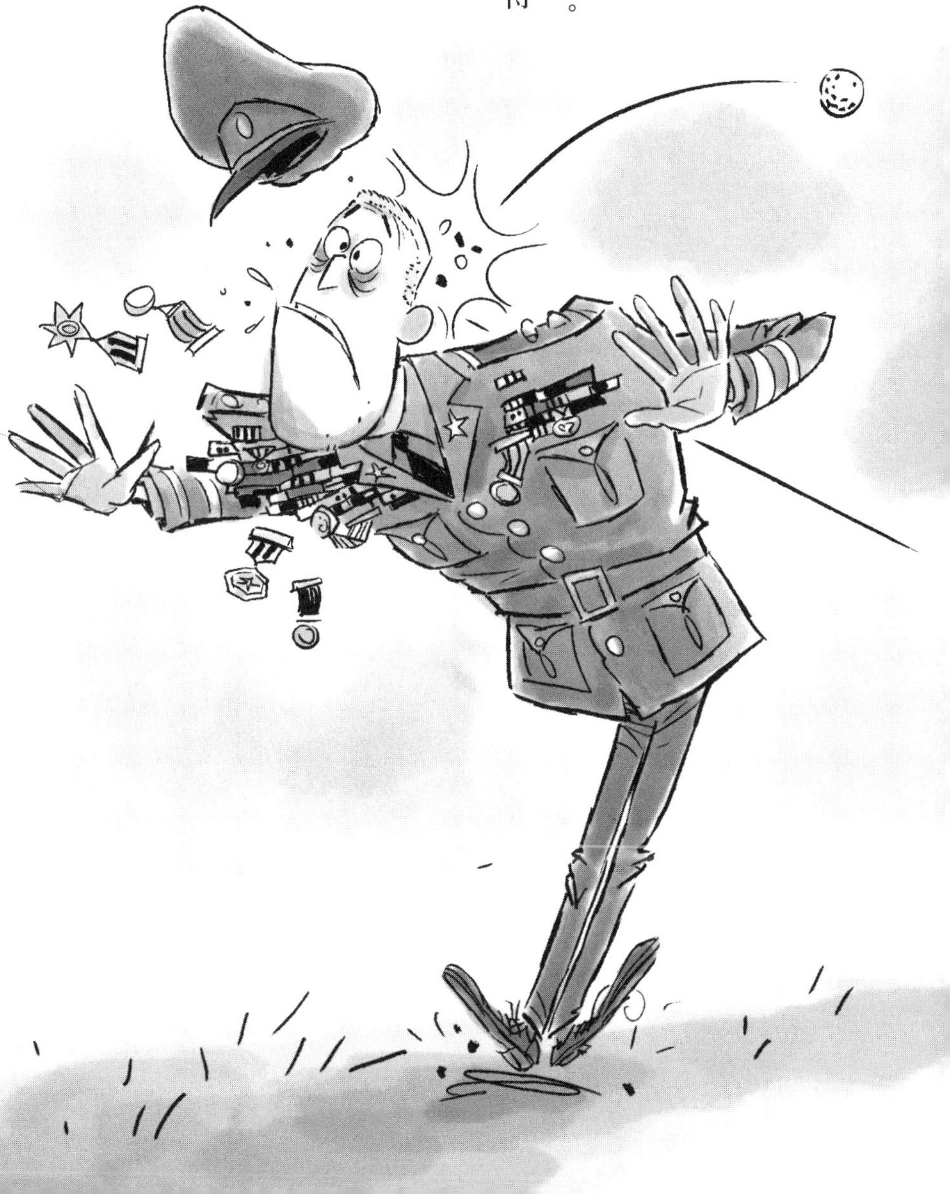

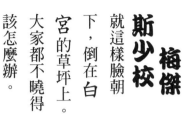

幸好，一個熟悉的身影躍入視野。總統穿著鮮豔的高爾夫球衫和長褲，上面的格紋花樣非常不搭，看太久頭會很痛。

「大家好！」他壓著頭髮，隔著草坪大聲打招呼。仔細觀察，他的頭髮有點可疑，看起來似乎是假髮，而且還是薑黃色假髮，就像他的穿著一樣，跟那身晒得黝黑的膚色一點也不搭。至於體格方面，**總統**是個身材矮小、四肢粗短的胖子。不曉得他手臂那麼短，擦不擦得到自己的屁股？如果可以，那還眞是奇蹟。

總統身後跟著一名高大魁梧，穿著黑西裝、戴墨鏡的特勤人員。他肩上背著超大的高爾夫球杆袋，看樣子還兼當球僮。

「你們有看到球嗎？」**總統**問道。「我是高爾夫好手，但我好像把球弄丟了！」

「球在這裡，總統先生！」露絲撿起草地上那顆堅硬的小白球。

「謝謝。」總統接過球。

他低頭看著躺在草坪上的**梅傑斯少校**。這位功勳彪炳的偉大軍人依舊昏迷不醒。

「少校怎麼了？」總統納悶。

露絲環顧四周，看著那些隨扈。大家都猛搖頭，好像在告訴她：「什麼都別說。」

「不好意思，總統先生，你的高爾夫球打到他的頭了！」

「不可能，小姐。我可是頂

尖的高爾夫好手！說是世界第一也不爲過！」

「這樣啊，」露絲若有所思。「那是少校的頭撞到你的高爾夫球！」

「聽起來合理多了！」總統表示贊同，低頭檢查了一下高爾夫球。「幸好，我的球沒受到任何損壞。」他用胸前的衣服擦擦小白球，將球塞進口袋。

總統打量站在白宮草坪上的三位訪客。

女孩。

狗狗。

還有一個身穿銀色套裝、披風和頭盔的小身影。

他停頓了一會，開口問道：「好啦，來自另一個星系的是哪位？」

32 寫下歷史

露絲目瞪口呆，嘴巴張得好大，看起來像魚一樣。也許這個笨蛋比她想的還要好騙！雖然美國**總統**是地球上權力最大的人，但他腦袋裡裝的全是**鴕鳥**便便，蠢到不可思議。

「是我！」太空男孩用詭異的**外星人**嗓音說。**「我來自另一個星系！」**

「誰在講話？」**總統**沒看到有人的嘴巴在動，不安地追問。

「是他啦！」露絲指著她的朋友說。

「我！太空男孩！」太空男孩邊說邊甩了一下披風，增加一點帶有**星際風格**的**戲劇張力。**

「啊，對，當然。聽聲音就知道！」**總統**回答。「很**外星人**的嗓音。**跟我來！」**

他們跟著**總統**踏進世界知名的**白宮**，沿途不停蹲低閃躲，以免被他扛在肩上彈來彈去、東搖西晃的高爾夫球杆打到。

咻！咻！

白宮內部的裝潢非常豪華，深紅色地毯、精緻的古董家具，以及裝飾著油畫的牆壁，看起來宛若皇宮。露絲這輩子從沒見過這樣的場景。這時，一名優雅的女子踩著輕盈的腳步，繞過轉角走來。她穿著裙擺及地的長禮服，秀髮梳成高高的髮髻（甚至比太空男孩的頭盔還要高），形狀有點像教宗的禮冠。

「**親愛的！**快脫掉高爾夫球衫，換上正式服裝！拜託你穿得像樣點，就這麼一次也好！你參加宴會要遲到了！」她對**總統**咆哮。

「抱歉，親愛的。這位是第一夫人。」**總統**介紹。

「地球上第一位夫人？」太空男孩問道。露絲忍不住大笑。

「哈哈哈！」

「不對！」第一夫人厲聲糾正。「是美國**總統**的夫人！請問**你**是哪位？」

「天啊，別介意，親愛的。他來自外太空。」

「嗯……」第一夫人上下打量太空男孩。「只能說，我希望他趕快回外太空！」她轉向先生。「快點換上晚禮服，然後拜託梳一下假髮——我是說**頭髮！」**

「沒問題，親愛的，」他用手摸摸薑黃色假髮。「不過我得先開一場**全球直播】**！」

「爲什麼？」她輕蔑地皺起鼻子。

「因爲這是我們和**外星人**的第一次接觸！」

「所以呢？」

「所以，這是歷史性的一刻！」

「好吧，那就快點！不然我們的婚姻也會成爲歷史！」

「遵命，親愛的！」

她狠狠瞪了他們一眼，踩著輕快的腳步翩然離開。

「算你們走運，」**總統**說。「她今天心情很好。」

「我可不想看到她心情不好！」露絲打趣道。

「不要看，很可怕！」**總統**吐露心聲。「我們該去**橢圓辦公室**準備進行電視轉播了。俄國人看到一定會氣炸！哈哈哈！有史以來第一個上太空的人類？遜斃了！」

橢圓辦公室是**總統**正式的辦公場所，裡面鋪著高級的深藍色地毯，一張氣派的木製辦公桌座落在窗前，後方豎立著美國國旗與總統旗幟。房間中央已經架好一臺大型攝影機，技術人員在旁邊忙得團團轉。**總統**一踏進辦公室，大家立刻低頭鞠躬，異口同聲地喃喃致意：「總統好。」

「這裡就是**橢圓辦公室**！好大喔！」露絲驚呼，把尤里放到地毯上。

尤里開始不停翻滾，發出古怪又滿足的呻吟。

「嗷嗚！」

「改天我也來試試。」**總統**的語氣流露出一絲羨慕。「好了，再五分鐘就要進行全球現場直播。我，和一個活生生、來自外太空的**外星人**對談！這會讓我看起來很……」

他在腦中搜尋適當的詞彙。

「不重要？」露絲調皮地說。

「不是！」總統厲聲駁斥。「跟『不重要』相反！那個詞到底是什麼？」

露絲眞的不懂眼前這個人怎麼有辦法成爲自由世界的領袖。

「重要？」她又說。

「對啦，重要！了不起的大人物！最要緊的是，可以讓我再次當選！」

露絲翻翻白眼，嘆了口氣。原來他安排電視轉播的目的是這個！所有大人都一樣，總是只想到自己。

一名穿西裝打領帶的管家匆匆走進辦公室替**總統**更衣。整理儀容的同時，**總統**低頭細讀工作人員遞給他的講稿。他盯著手上那一頁看了好久，表情滿是疑惑。管家連忙出手，將那張紙上下翻轉。

這個人實在**蠢得可以。**

辦公桌旁多放了一張椅子。工作人員示意太空男孩坐下。一名技術人員從十開始倒數。露絲和尤里站在監控螢幕後方，能直接看到鏡頭拍攝的影像，以及呈現在觀眾眼前的畫面。

TV

再過幾秒，全世界的人都會同時見到太空男孩！

「只希望他能成功地騙過大家，」露絲低聲對尤里說。**「不然我們就完蛋了！」**

33 別當個笨蛋

「地球上的各位，大家好，」總統緩緩開口，語氣非常嚴肅。「我是美國**總統**目前在**白宮**進行全球現場直播。」

露絲和尤里搖搖頭。這個人連講話斷句都有問題。

「今天，是歷史性的一天史上最具歷史性的一天。各位，坦白說，人類悠久又……充滿歷史性的歷史上，有許多極富歷史意義的大日子。就在今天，我們人類，當然我也是其中一員，如果有人懷疑的話——對，這是我自己的頭髮——已經和另一個星球的生物進行了第一次接觸。對方是**外星人**，一個充滿智慧的生命體，呃，應該說還算有智慧的生命體。他現在就坐在我旁邊。」

露絲和尤里看著監控螢幕。鏡頭拉到廣角，讓坐在辦公桌旁的太空男孩入鏡。

總統轉向他。「太空男孩，歡迎來到我的——我是說，**我們的**星球。」

兩人握手致意。太空男孩故意用力掐**總統**的手，讓他忍不住皺起臉。

「哇！我不得不承認，這個小**外星人**的手勁眞強！這眞是歷史性的一刻！我們剛才寫下了歷史！而且是古往今來最具歷史意義的歷史！人類，也就是我，和**外星人**，也就是他，雙方第一次握手。」

頑皮的太空男孩沒有鬆開**總統**的手。

「嗯，我，呃……」**總統**拚命想甩開他的手，最後只好用腳頂著辦公桌用力拉才成功。「**終於！**」他大聲歡呼，往古董辦公桌一踢——桌子應聲往前倒。

砰！

木桌重重砸向地毯，東西飛得到處都是。

呼—。

紙張在空中飛舞，好像魔術師一口氣從帽子裡變出十幾隻白鴿一樣。

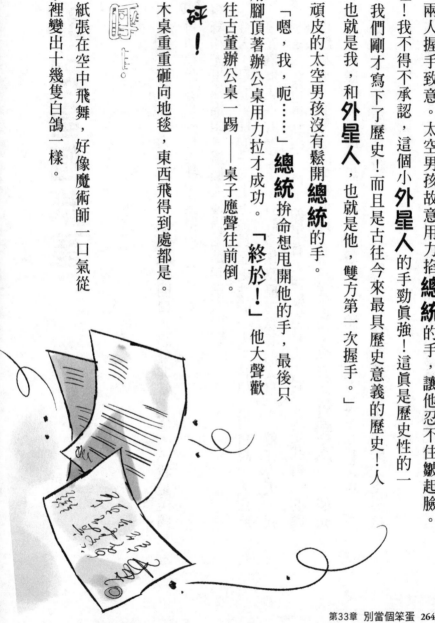

「糟了！這段應該沒錄進去吧？」**總統**問道。

攝影師將鏡頭上下擺動，做出點頭的動作。

「唉！不過話說回來，現在**白宮**可是有個活生生的**外星人**，誰會在乎一張愚蠢的舊桌子！」

露絲和尤里臉上的笑容藏都藏不住，特別是太空男孩再次和**總統**握手的時候。他先伸出手；這一次**總統**握完立刻把手抽走，結果不小心打到自己的臉。

啪！

害他的假髮移位。

總統微微一笑，轉身偷偷調整假髮。遺憾的是，他把假髮轉了一圈，整個戴反了。幾綹髮絲如窗簾垂落在他眼前。他把假髮撥開，以免擋住視線。

「哦，你在這啊！」**總統**大聲說。「太空男孩，我有幾個問題想請教你，我相信全世界的人都很好奇。首先，我想問，你是乘著和平而來的嗎？」

「不，我是乘著飛碟來的。」太空男孩用平常那個**高亢**的聲音回答。話才一出口，他就立刻發現不對，改用**外星人**的嗓音再說一次。

「我是說，我是乘著飛碟來的！」

「對！我知道！」**總統**沒好氣地說。「我的意思是，你是平和地來到地球嗎？」

「稱不上平和，老實說很吵，因爲我的飛碟墜毀了，發出很大的一聲：

砰！」

總統緊張兮兮地咳嗽。「但你不會炸毀地球。」

太空男孩停頓了好久。**總統**的額頭上開始冒出汗珠。

「我很想，只是沒時間。」他終於開口。

「謝天謝地！」**總統**用手帕擦擦額頭。「所以，我是總統先生，我們叫你太空男孩，但你的**外星**真名是什麼？在你的星球，大家都怎麼叫你？」

太空男孩沒有說話，而是嘟起嘴巴發出噗噗聲。

那陣噗噗聲又低又長，感覺好像永遠不會結束。

「噗噗噗噗噗嗚嗚嗚嗚嗚嗚！」

「你的名字叫……」總統尷尬地噘起嘴脣，發出噗噗聲。

「噗噗噗嗚嗚嗚嗚？」

「不對！」太空男孩駁斥。**「是噗噗噗噗噗嗚嗚嗚嗚嗚嗚嗚！」**

「沒關係，算了。你來自哪個星球？」

「姆尼辛納森伯孟托特嗚嗚嗚星。」

露絲從鼻子裡**噴出**笑聲，怎麼也停不下來。她只好緊捏住鼻子，以免被別人聽見。

「噗！噗！噗！」

要重複這個星球的名稱簡直是不可能的任務，所以**總統**連試都沒試。

「那是我最愛的星球之一。」他說謊敷衍過去。

「接下來，人類可說時常思索這個問題。這個問題非常重要，若能從你口中得知答案，是我們的榮幸。我要問了……其他星球上有生命的存在嗎？」

「當然有！答案很明顯啊！不然我就不會坐在這裡了！**拜託！**」太空男孩模仿露絲拍額頭的動作，拍了頭盔一下。有那麼一瞬間，頭盔似乎快滑下來了，但他及時扶好。

「好險！」露絲喃喃低語。

「喔，呃，對，當、當然。」**總統**結結巴巴地說。這個小男孩又當場讓他難堪。「這些**外星**生物有聽過我的名號嗎？地球上權力最大的人？」

「沒有！」

「一個也沒有？」

「沒有，一個都沒有。再說，人類並不是地球上最聰明的物種。」

總統搖搖頭。「我想你會發現我們人類是最最聰明的萬物之靈！」

「沒這回事！」太空男孩搖搖手指。

「那依你所見，哪個物種最聰明？」**總統**問道。

「在我來之前，我們這些住在**「姆尼辛納森伯孟托特嗚嗚嗚星。」**的**外星人**已經觀察地球好幾百年了。研究發現，地球上最聰明的生物其實是……**倉鼠。」**

「倉鼠？」總統不敢置信地說。

「沒錯！倉鼠是目前地球上最聰明的物種。」

「那人類是第二聰明的囉？」

「人類連前十名都排不上！」

「什麼?!」

「第一名是倉鼠，第二名是猴子，第三名是山羊，再來是熊、企鵝、河馬、鴕鳥、蠕蟲、沙鼠、蟲子，然後才是人類。」

「好吧！謝謝你的分享，」**總統**厲聲說。「那些在電視機前收看轉播的倉鼠一定很開心。」

「倉鼠才不看電視。」

「爲什麼？」**總統**問。

「因爲你老是出現在電視上！」

橢圓辦公室裡響起一陣輕笑。

但這就跟大多數笑話一樣，其實不是玩笑。

「好吧！聰明的小鬼！如果倉鼠不看電視，那牠們整天都在幹嘛？」

「吃堅果，還有討論統治世界的計畫。」

「統治世界？」**總統**驚愕不已。「倉鼠什麼時候會占領地球？」

「抱歉，」太空男孩回答。「這是我和倉鼠之間的祕密。」

「喔。」**總統**不曉得該說什麼。戴著白手套的管家立刻把小抄塞到他面前。**總統**急忙瞄了一眼。「**喔！**我突然想到一個好問題，絕對不是我剛才看到的喔！再次重申，我們人類自古以來一直在尋找這個問題的答案。生命的意義是什麼？」

橢圓辦公室裡鴉雀無聲，安靜到連螞蟻放屁的聲音都聽得見。

「別當個**笨蛋**。」

總統轉身對著鏡頭。「各位，你們都聽到了。生命的意義是……別當個**笨蛋**！」

露絲和尤里露出賊笑。地球上權力最大的人完全相信太空男孩說的話！

他們過關了！

34 喧鬧聲

橢圓辦公室裡氣氛沸騰，大家都很激動。全世界都看了這場電視實況轉播。路上有許多人擠在家電行的櫥窗前，只爲一睹**外星**訪客的風采。事實上，他不過是個來自露絲家隔壁小鎮的男孩，但除了她和尤里外，沒有人知道眞相。他們倆也不打算戳破這個祕密。戲弄整個世界實在是**太有趣了**。問題是，他們能瞞到什麼時候？

沒多久，**白宮**裡每一支電話都**鈴鈴作響**。

鈴！鈴！鈴！鈴！

聲音震耳欲聾。

鈴！鈴！鈴！鈴！

尤里高聲嚎叫。

「嗷嗚！」

露絲連忙摀住尤里的耳朵。

鈴！鈴！鈴！鈴！

太空男孩則用戴著手套的手摀住露絲的耳朵。

喊叫聲此起彼落。

「總統先生，是女王陛下打來的！」

「總統先生，是教宗打來的！」

「總統先生，是中國國家主席打來的！」

「總統先生，是俄國總理打來的！」

「總統先生，是貓王艾維斯打來的！」

總統臉上散發出興奮的光芒。

「貓王！**我愛死他了**！他想幹嘛？」他在喧鬧聲中大喊！

鈴！鈴！鈴！鈴！

「總統先生！他們都想見見太空男孩！」工作人員回答。

露絲綻出燦笑。才一轉眼，太空男孩就變成**超級巨星**，比地球上其他人還要有名！他們一定很快就會變得很有錢，超乎他們的所求所想。她腦海中

甚至還有給尤里的狗狗玩具！

浮現出一堆太空男孩相關商品！

電話響個不停，**總統**開始隨著鈴聲揮動高爾夫球杆。

鈴！鈴！鈴！鈴！

他壓住假髮，跳上椅子，再爬到管家扶好的辦公桌上，用力揮杆。

嗖嗖嗖！

「告訴他們，想都別想！」

「可是……總統先生！」大家齊聲吶喊。

「太空男孩是我的！**我一個人的！**」

工作人員全都看著他，好像他瘋了一樣。不過他一直都滿瘋的就是了。

「我的！我的！我的！」總統在吵雜的背景音中高聲嚷嚷。

他以爲自己可以獨占一切。

就在這個時候，**橢圓辦公室**的門突然打開，用力撞上牆壁。

砰砰！

所有人都停下手邊的事，站在原地動也不動。

總統停止揮杆。站在辦公桌上的他看起來有點尷尬。

一個令人**毛骨悚然**的詭異身影出現在門口。

乍看之下很像機器人。

仔細一看，這個東西裝著附有輪子的金屬箱，上面伸出四隻看起來應該是手臂的裝置。箱子頂部有個倒放的大玻璃罐。

最令人震驚的是罐子裡的東西。

乍看像顆大雞蛋，實際上是一顆頭，一顆人頭，而且是老人的光頭，其中

一隻眼睛還是黑色的，中心閃爍著紅光。

一隻機器眼！

露絲心想，不曉得這個人是不是已經死了？就在這個時候，另一隻眼睛眨了幾下。奇怪的機器人張開雙脣，講話帶有濃濃的德國腔。

「不，總統先生！**太空男孩是我的！**」

露絲、尤里和太空男孩緊張得渾身發抖。

這個人一定很**邪惡。**

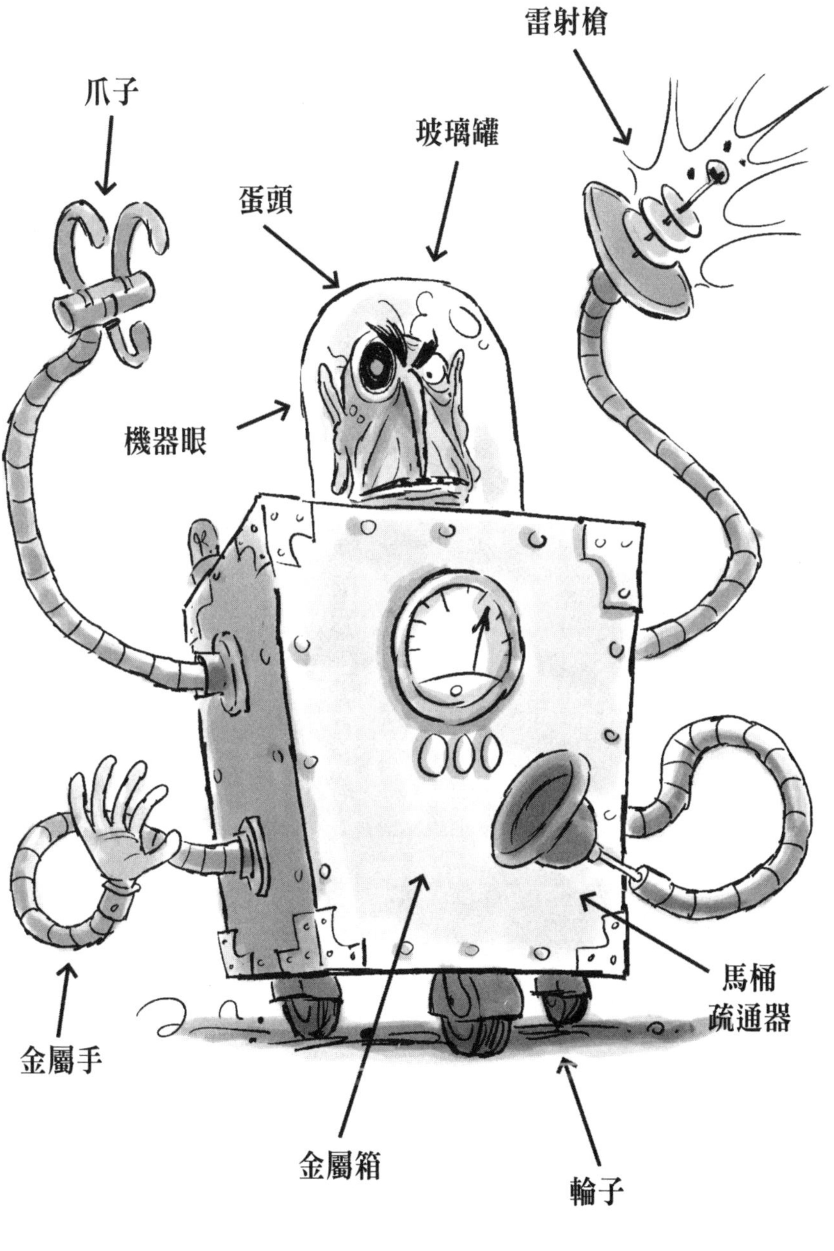
雷射槍
爪子
玻璃罐
蛋頭
機器眼
馬桶
疏通器
金屬手
金屬箱
輪子

35 急轉直下

「你是誰？」露絲突然對她的新朋友凱文（又名太空男孩）產生強烈的保護慾。

尤里從她懷中跳下來，開始對這名怪人狂吠。

「汪汪！汪汪汪！」

一隻金屬手臂從箱子側面探出來，朝尤里的方向發動電擊。

滋！

「嗷嗚！」尤里飛快跑開，跳回主人懷裡。露絲緊緊抱著她心愛的狗狗。

「不准傷害我的狗！」她大吼。

「要是牠敢再對我吠，我會直接殺了牠，讓牠早日解脫！」罐子裡的頭揚起一抹**陰險**的微笑。

總統有點不好意思地從辦公桌上下來，走向那個半人半機器，不假思索地抓住其中一隻金屬手和他握手，然後才想到自己可能會被電死！

「歡迎來到**白宮**，**瞎克博士**！」**總統**說。

「是夏克！不是瞎克！」

「好吧，歡迎來到**白宮**，博士！」

「這是我第一次來這裡，希望也是最後一次，」夏克博士不屑地環顧**橢圓辦公室**。「那塊藍色地毯和那些黃色窗簾一點也不配！**醜死了！**」

「太空男孩，讓我來介紹一下，這是——」

「我會自我介紹！」博士厲聲打斷總統。「我是**夏克博士**。夏克，不是瞎克！ㄒㄧㄚˋ，**四聲！**夏克！我從小就很喜歡火箭。」

「我也是！」露絲尖聲說。

「兩歲那年，我成爲一名科學天才，很快就在軍事研究領域嶄露頭角。二十年前，世界戰火紛飛。當時元首親自召見我，要我祕密研發、製造出火箭炸

彈，一艘能飛到太空邊緣再攻擊地球、炸出一個**大洞**的火箭！那段日子真的好幸福，無憂無慮、充滿樂趣。然而，某天深夜，火箭意外爆炸，祕密實驗室裡的科學家全都死了，唯一倖存的只有我，偉大又所向無敵的**夏克博士**！他們只找到我的頭和小趾，並將殘骸拼湊回去，如你們所見，成果非常完美。我不得不承認，現在這樣的感覺**再好不過了！**」

咚！

夏克博士邊說邊轉了一圈，撞倒一張椅子。

「戰敗後，我和美國人達成協議。」

「應該是戰勝吧？美國贏了啊。」總統插嘴。

「請不要打岔！」

「對不起，瞎克博士——我是說，**夏克博士**！」

「美國特勤局說，只要我參與他們的太空計畫，就不必接受審判。我的火箭夢依然有機會實現！不過以當前的態勢來看，俄國在太空方面的發展領先美國好幾年。他們已經把人送上太空了，就是那個叫**尤里‧加加林**的傢伙。」

小狗尤里點點頭。

「美國太空計畫需要你的協助，太空男孩。將**星際旅行**的奧祕全都告訴我吧。」

露絲身體**發燙**，覺得自己好像快爆炸了。情況急轉直下。頭盔下的眞相處於曝光邊緣。這位科學天才一定能瞬間看穿他們的謊言。露絲轉向凱文，發現汗珠沿著他的頭盔滑落。他也開始緊張了。

「如果他不想呢？」露絲問道。

「那我就會把他帶到特殊實驗室，移除並研究他的**外星大腦**。這樣一來，所有祕密都會攤在陽光下……」

「沒問題！」太空男孩尖聲說，聲音比平常高很多。「**我很樂意幫忙！**」

「你看，沒那麼難嘛，」夏克博士低沉的嗓音挾著一絲機器震顫的低鳴。「很高興我們達成共識。現在，爲了確定你眞的是個活生生的**外星人**……請脫下頭盔好嗎？」

36 半人半機器

事跡會就此敗露嗎？此刻大家的目光全都落到太空男孩身上。如果他脫下頭盔，在場所有人都會知道他的祕密，知道他只是個來自不知名小鎮、名叫凱文的男孩。到時事情就大條了。太空男孩緊張到放了一個音調超尖的屁。

噗！

接著，他竭盡所能，發出**最低沉**、最詭異、**最另類**的聲音：**「我不能脫下頭盔……」**他說謊。**「地球的空氣會讓我死掉。」**

「剛才那個屁會讓我死掉。」露絲嘶聲說。

「閉嘴！」他用氣音回嗆。

「真的嗎？」**夏克博士**說出內心的懷疑。「總統先生，若你允許，我想帶太空男孩前往**卡納維爾角**的美國**太空總署太空中心**。再過不久，我們就能發射第一艘美國火箭上太空了。」

「**瞎克博士**，你之前打造出來的火箭都墜毀了耶！」**總統**說。

「是夏克！還有，多謝提醒！」半人半機器的夏克博士冷笑道。「我有信心，這名**外星人**身上的情報一定能讓美國超越俄國，成爲永遠的**贏家**！」

「祝你好運！」露絲小聲說。

「糟了。」太空男孩喃喃低語。

「你說什麼？」**夏克博士**問道。

「沒什麼！」太空男孩緊張地尖聲回答，旋即換上**低沉**的嗓音再說一次。**「沒什麼！」**

「走吧，太空男孩！」博士的金屬箱身體飛快轉動。一名總統助理被長長的機械手臂摺倒在地。

嘰嘰嘰！

咚！

太空男孩緊牽著露絲的手。兩人對總統點頭致意，總統微微一笑，他們便跟著博士走向辦公室門口。

「等等！」**夏克博士**突然停下腳步。「那個女孩和那隻邋遢的獵犬在太空中心完全幫不上忙。他們不准去。」

「不、不行！」太空男孩結結巴巴地說。**「除非露絲和尤里一起來，否則我不走。」**

一聽見小狗的名字，博士的臉就氣到扭曲。「尤里？」

「ㄉㄨ——ㄉㄨ——對。」露絲嚇壞了。

「跟**尤里・加加林**同名？就是那個第一個上太空的人？那個俄羅斯人？」

「沒錯！」

夏克博士立刻轉身，撞倒一座書架。

砰！

另外一位助理被書架砸中，瞬間昏了過去。

咚！

「我唾棄**尤里・加加林**這個名字！」博士輕蔑地說，用力吐了一口

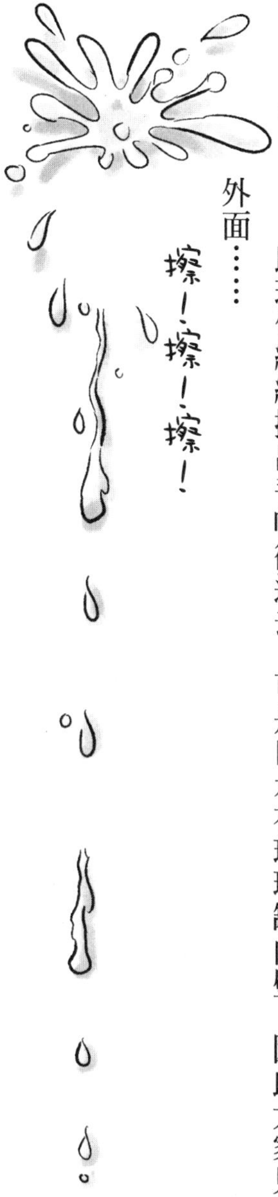

口水！

呸！

他想必一時忘了自己的頭在罐子裡。儘管他有瞄準地面，口水還是噴在玻璃上……

啪！

……然後慢慢往下流。

滴答～

他拚命操控四隻金屬手臂，但沒有一隻搆得到玻璃罐。

「拜託誰來把口水擦掉！**快點！**」他對著其他人大喊，好像全都是他們的錯一樣。

助理們紛紛掏出手帕衝過去。可是口水在玻璃罐內壁，因此大家只能狂擦外面……

擦！擦！擦！

……一點用也沒有。

「離我一遠點，你們這些白痴！」夏克博士咆哮。

他們以最快的速度閃開，遠離博士和他危險的金屬軀體。

「好吧，那個女孩和那隻狗一起來。」他妥協。

太空男孩牢牢牽著露絲的手，和尤里一起跟著可怕的夏克博士離開**橢圓辦公室**。

「祝各位有個美好的一天！」**總統**對著他們的背影大喊。

37 太空男孩熱潮

嗡嗡嗡！

一架美國**太空總署超級飛機**在**白宮**草坪上待命，準備載他們前往**卡納維爾角**的太空中心。這架飛機是**超音速飛機**，機翼上裝有強力推進器，可以垂直起飛，不需要跑道，看起來就像來自未來的高科技產物。**梅傑斯少校**此時已坐起身，頭上還頂著冰敷袋。夏克博士經過少校身旁，附有輪子的金屬箱軀體緩緩動，來到**超級飛機**前。他啟動升降設備，將自己抬起來，進入機艙。

與此同時，**白宮**的欄杆外聚集了大批民眾。不少人開車開到一半直接停在路中間，衝過來看熱鬧。沒多久，白宮周邊就擠得水泄不通。無論男女老少，大家都你推我擠、不停鼓譟，想一睹這位外星訪客的風采。有的媽媽將寶寶舉到半空中，想讓孩子見證歷史，甚至還有人高高抱起臘腸狗，但牠看起來一點也不感興趣。

太空男孩穿過**白宮**草坪，銀色披風在風中飄動。群衆用力尖叫，大聲歡呼。

「**耶呼！**」

喧鬧聲**震耳欲聾。**

全球掀起了一波**太空男孩熱潮！**大家激動拍手跺腳，不停呼喊他的名字。

「**太空男孩！太空男孩！太空男孩！**」

「我該怎麼辦？」他用氣音問露絲。

「我不知道。」她小聲回答。「微笑揮手好了！很多名人都是這樣！」

太空男孩揮揮手，群衆立刻陷入瘋狂。

「**萬歲！**」

「**我愛你，太空男孩！**」

「**我更愛你！**」

「不！我最愛你！」

就在太空男孩、露絲和尤里準備登上**超級飛機**時，一群記者蜂擁而至。有那麼一瞬間，露絲還以爲他們會被那些人踩過去。記者將他們團團包圍，讓他們無路可逃，一堆相機、攝影機和麥克風對著他們，快門聲喀擦喀擦響個不停。露絲連忙躲到太空男孩背後，死命避開鏡頭。要是被拍到，邪惡的桃樂絲姑媽就會知道她的下落，然後立刻趕到**白宮**，一路揪著她的耳朵把她拖回家，而且——這是一條很長很長的路。

記者連珠砲似地丟出問題。

「太空男孩，你有打算要毀滅我們的星球嗎？」
「太空男孩，這是**外星人**入侵地球的第一步嗎？」
「太空男孩，是誰創造了宇宙？」
「太空男孩，數千年前，你有幫忙建造埃及金字塔嗎？」
「太空男孩，『**笨蛋**』的定義到底是什麼？」
「太空男孩，你會吃漢堡嗎？」
「太空男孩，你最喜歡的披頭四成員是誰？約翰、保羅、喬治還是林哥？」
「太空男孩，這是你的地球人女友嗎？」
記者群瞬間安靜。『**嗚呼！**』一個聲音從後方傳來。其他人立刻發出**噓聲**要他閉嘴，因爲他們急著想聽到答案。
這可能是本世紀最勁爆的獨家內幕！一個超越星系、橫跨宇宙的愛情故事！可以寫好幾則**頭條新聞**了！
求婚！
婚禮！

度蜜月！

生小孩！

一半是人類，一半是**外星人**的混血兒！

「不是！」露絲大聲反駁。**「我不是**他的女朋友！永遠不可能！我不喜歡男生！我看到男生就有氣！」

「什麼嘛！」她的話惹毛了所有記者。

「對，不可能！」太空男孩附和。「我也不喜歡女生。她們讓我想……**太空嘔吐！」**

「真沒意思！」有人嚷嚷。

「隨便啦，快點親她！這樣拍下來的畫面一定很讚！」另一個聲音大喊。

「我才不要！」露絲氣呼呼地說。「我永遠、**永遠**、**永遠**不會親男生！」

其中一人不滿地發出噓聲。

「好吧，太空男孩，那至少把頭盔拿下來，露個臉吧！」

「對啊！讓我們拍張照嘛！」

「我們只是想看看你的外星人臉！」

「你是不是長得很奇怪，很外星人？」

「不行！」太空男孩大聲回應。

「爛透了！」

「拜託啦！」

「就看一眼！」

「幾秒就好！」

「偷偷咻——我是說，偷偷秀一下總行吧！」

一堆人開始伸手探向太空男孩的頭盔。他們想看看第一個登陸地球的**外星人**究竟長什麼樣子。這可是大新聞，絕對不能錯過。

「汪汪汪！」尤里怒聲咆哮。

「別碰他！」露絲拚命撥開那些手。「少了頭盔，他就沒辦法呼吸了！」

可是手愈來愈多。「一下下就好！」

「接觸到一點地球空氣不會怎樣啦！」

「拍出來的照片一定很棒！誰在乎他會不會死掉！」

現在少說有十隻手緊抓著頭盔，數量愈來愈多。太空男孩竭盡所能地拉著頭盔，不讓它掉下來。一旦身分曝光，他**麻煩就大了**。可是沒用。太空男孩的力氣太小，根本敵不過十幾個大人。就在他長滿痘痘的下巴即將露餡那一刻，突然傳來一陣響亮的**重擊聲**。

許多記者瞬間被撞倒在地。

「哎喲！」

「哇！」

「好痛！」

「啊！」

「請把你們的肥屁股從我臉上挪開！」一個被人群壓在底下的記者大吼。

此時**夏克博士**逐步逼近他們。他狠狠衝進記者群，好替太空男孩解圍。

「太空男孩的眞面目暫時**保密**！」博士說。「現在，請各位讓開，否則別怪我用這些金屬手臂教訓你們！」記者群立刻退到一旁，讓他們通過。

露絲、尤里和太空男孩踏上**超級飛機**。

起飛時，露絲從舷窗往外看。只見**白宮**周圍聚集了

成千上萬人，現場交通大打結。許多人爬上車頂，就爲了看他一眼。露絲用手肘輕推太空男孩，以免他錯過底下的盛況。整個華盛頓特區陷入停擺，到處都是人。有的探出窗外，有的爬上雕像，還有的站在大廈頂樓。**超級飛機**以穩定的速度升空，所有民眾都在對他們揮手。

「這個謊言就像氣球，變得**愈來愈大**。」露絲小聲說。

「而且隨時都會爆炸！」太空男孩同意她的看法。

尤里用腳掌摀住眼睛！牠實在看不下去了！

第四部

英雄

38 研究團隊

才一眨眼，超音速**超級飛機**就抵達了**卡納維爾角**的美國**太空總署太空中心**。打從露絲有記憶以來，她就一直很著迷於外太空和火箭之類的事物。她做夢也沒想到自己有一天會**來到這裡**。像她這樣的女孩，根本沒機會造訪這樣的地方。她抬頭望著這些高聳入雲的火箭，內心渴望冒險，渴望探索未知的世界，飛向**浩瀚無垠**的**宇宙**。

對露絲而言，太空中心就是她的**夢幻島**，她的**奧茲國**，她的仙境。

她曾在桃樂絲姑媽不要的報紙上看過太空中心的照片，沒想到整個園區居然這麼遼闊。從天空俯瞰，感覺和一座城市差不多大，幾艘火箭點綴其間，如摩天樓般昂然聳立。

超級飛機繞了一圈，開始降落。一群研究人員在停機坪上等候。

研究人員的特徵

大頭
（好用來裝比較大的大腦）
蓬亂的頭髮
雜亂的鼻毛
和耳毛
瘋狂的眼神
金絲框眼鏡
濃密的大鬍子
（女性可留
可不留）
一排黑色原子筆
（有些微咬痕）
鬍子上的
餅乾屑
髒兮兮的
指甲
淡淡的
蕪菁氣味
沾有湯漬的
領結
白色實驗袍
奇怪的襪子
涼鞋

研究人員各個神情嚴肅，好像這輩子從沒笑過一樣。可惜他們的頭髮和白色實驗袍被**超級飛機**的超級推進器吹得亂七八糟，嚴肅指數瞬間下跌不少。

嗖嗖嗖！

鬍子飛起來蓋住臉；用來遮掩禿頭的髮絲被吹開；裙子像氣球一樣膨起來。

露絲、尤里和太空男孩跟著博士一起下飛機。平臺一落地，**夏克博士**就直接衝向那群研究人員。他們立刻像鴿子一樣四散奔逃。

「**跟我來！**」博士大喊。

沒多久，他們就踏進探索太空的聖殿。

「**哇！**」眼前的景象讓露絲大為驚嘆。

「比我打造飛碟的穀倉大一點而已嘛。」太空男孩喃喃低語。

這棟白色建築占地比足球場還大，高度有十隻長頸鹿那麼高，地板、牆壁和天花板全都漆成白色，明亮的白光點亮了整個空間。唯一的色彩是漆在大廳盡頭牆上的大型美國國旗，有紅、白、藍三色。

放眼望去，到處都有看起來**很厲害**的東西：

模擬月球表面的造景，上面還有太空人、火箭和登月小艇……

一個巨型水箱，穿著太空衣的人在裡面漂浮，練習如何在無重力的太空中活動……

一個超大太陽系模型如吊飾般懸掛在天花板上，每個行星都大得跟足球一樣……

一排大小和平房差不多的電腦不停咻咻作響、尖聲嗶叫，噴出一堆又一堆的數據資料……

一臺看起來像恐怖版遊樂設施的機器，有人坐在艙室裡，以快到令人想吐的速度繞著中心軸旋轉，透過訓練來習慣火箭發射時需承受的G力……

一排排電視螢幕顯示出衛星拍下的太空畫面，讓人看得眼花撩亂……

玻璃櫃展示著撞擊地球的隕石殘骸……

一個裝有玻璃門的冷凍櫃……裡面有個只穿著內褲的科學家。他的牙齒不停打顫，渾身發抖，皮膚都發青了，想必是在體驗太空中的極低溫環境。

或者，他只是進去冷凍櫃拿冷凍豌豆，結果不知怎的被困在裡面……

一艘嶄新的**太空火箭**矗立在大樓中央閃閃發光，鼻錐輕輕觸及天花板。這是露絲有生以來見過最美麗的事物，同時也讓她覺得自己好渺小，但她完全不介意。眼前的畫面讓她明白了火箭的壯美與崇高；它的設計是科學界的偉大壯舉，它的建造過程是工程界的一大勝利，只可惜最後沒能成功。

最後，露絲與太空男孩看見了讓大爲驚駭的事物——夏克博士的人顯然去了桃樂絲姑媽的農場，將太空男孩的飛碟殘骸蒐集起來。只見研究團隊一邊在梯子上試著保持平衡，一邊細心地用工具將這些損壞焦黑的零件拼湊起來。他們打算重新組裝太空男孩的飛碟，還原眞貌！

太空男孩的身體搖搖晃晃，似乎有點站不穩。有那麼一瞬間，露絲以爲他要跌倒了。她立刻伸手扶他。

「怎麼了？」她用氣音問。

「這是我的飛碟！」他低聲回答。

「所以呢？」

「所以，等他們組裝完畢，一定會發現我**不是**來自外太空。」

「爲什麼？」

「因爲飛碟用的是曳引機的引擎啊。」

「對喔！」露絲開始緊張，胃一陣翻攪。

「這下糟了！」

39 做夢隆隆作響

「你們兩個竊竊私語在說什麼？」**夏克博士**質問。

露絲和太空男孩完全沒察覺到博士就在他們身後。

「沒什麼！」露絲連忙回答。

「希望太空男孩很樂意提供資訊，」博士低沉的聲音響起。「我的**外星**朋友，請跟我們分享所有關於太空的情報和奧祕！」

「你們很快就會知道了。」太空男孩用詭異的**外星人**嗓音撒謊。

「太好了！」博士回答。一名研究人員遞給他一支大聲公。他將金屬箱身軀升到最高。

「我是夏克博士。各位研究人員請注意！」

他的聲音在大廳裡**隆隆作響**。剎那間，所有研究人員全都停下手邊的工作，轉過來聽他說話，就連冷凍櫃裡那個只穿一條內褲的科學家也停止顫抖。

「讓我來介紹一下，這位訪客從另一個星球遠道而來，名字叫……太空男孩！」

研究人員熱烈鼓掌。

「他會幫助我們打敗俄國，在這場太空競賽中奪勝！」

現場爆出響亮的歡呼。

「萬歲！」

「根據祕密情報部門蒐集到的資訊，俄國計畫在數天後發射另一艘火箭。各位！我已經下定決心，要搶在他們之前成功發射我們的火箭！」

「萬歲！」

「這個**外星人**是我們的祕密武器！」他伸出一根機械手指，指著太空男孩大聲說。

「萬歲！」

「我們會征服太空，太空永遠是我們的！」

這是一句非常大膽的宣言，但不意外，大家依舊高聲歡呼。

「萬歲！」

博士把大聲公遞回去給剛才那名研究人員，轉向太空男孩。

「是時候了，太空男孩，」他輕聲說。「是時候告訴我**星際旅行**的奧祕了！」

40 研究中心

露絲很清楚，太空男孩從來沒進行過什麼**星際旅行**。他的飛碟才升空沒多久就墜毀在農場裡了！這場**外星人**大戲，他們還能演多久？說的謊愈多，被發現後的麻煩就愈大，光想就令人害怕。

亨克博士帶著露絲、尤里（被露絲抱在懷裡）和太空男孩踏進一個看起來像正方形金屬籠的地方。事實上，那是一部電梯。博士伸出機械手臂，張開機械手掌，用機械手指按下按鈕。電梯就這樣鏗啷鏗啷地直直上升，來到昂然矗立在大樓中央的**火箭**頂部。

嘍嘍嘍！

鏗啷！

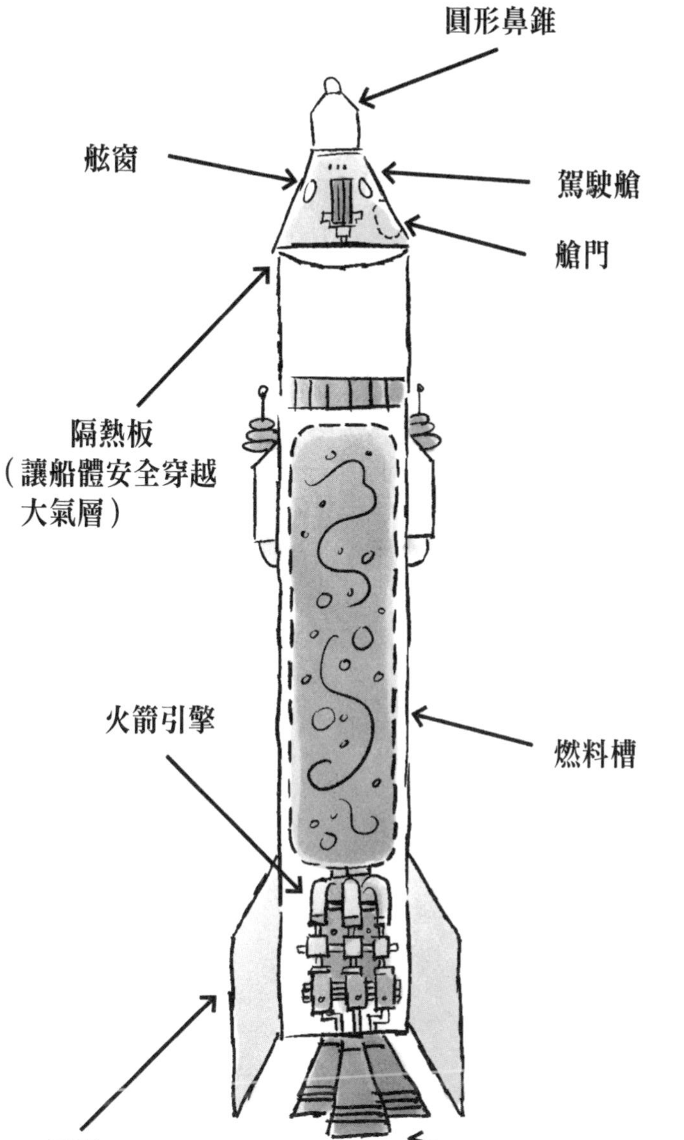
圓形鼻錐
舷窗
駕駛艙
艙門
隔熱板
（讓船體安全穿越
大氣層）
火箭引擎
燃料槽
尾翼
火箭推進器

「我對成果非常自豪。兒時的夢想終於成眞了。這是我最新打造出來的火箭。」**戛克博士**說。「上一艘火箭於升空時墜毀，之前那艘也是，還有之前的之前那艘、之前的之前的之前的之前那艘等等。」

「總共有幾艘火箭墜毀？」露絲問道。

「應該是二十四艘才對！」一名研究人員在火箭底部大喊。

博士的嘴唇抿成一條細線，然後開口回答：「二十三艘。」

「好啦好啦！」戛克博士大吼。**「二十四艘！」**

「不對，我騙你的。上週二又有一艘墜毀，」那名研究人員高喊。

「所以是二十五艘！」

「確定是二十五？還要加碼嗎？」博士激動怒吼。

研究人員查看手上的文件夾板。「是二十五艘沒錯。等這艘墜毀就變二十六艘了！」

「這艘火箭不會墜毀！」戛克博士大發雷霆。**「那傢伙再也不准吃餅乾了！」**說完，他轉向來自**外星**的男孩。

「太空男孩，以你對太空船的了解，我的天才】設計究竟有何缺點？」

太空男孩凝視著火箭的鼻錐。

「嗯？」博士追問。

「我知道！」露絲尖聲插嘴。她對太空的愛讓她忍不住想幫忙這個可怕的怪人。

博士的目光飛快射向她。「妳一個女孩子懂什麼太空旅行！」

「我研究過所有俄國火箭，特別是將尤里·加加林送上太空的東方一號。我大概知道你哪裡弄錯了。」

「繼續說……」

「鼻錐太圓了。」

「太圓了？」夏克博士氣沖沖地說。

「對！」太空男孩插嘴，猛然想起應該要用詭異的外星人嗓音說話。

「地球人女孩說的沒錯。俄國火箭的鼻錐都是尖的……！」

「完全正確！」露絲附和道。

「我要電死一些研究人員。記得提醒我。」夏克博士說。

「拜託不要。」露絲連忙阻止。

他們搭電梯回到一樓，來到大廳另一邊。那裡擠滿了研究人員。

戴著護目鏡用噴燈的研究人員……拿著螺絲起子的研究人員……

繪製火箭設計圖的研究人員……邊看設計圖邊摸下巴鬍鬚的研究人員……呈現倒立姿勢好讓更多的血液流向大腦的研究人員……製作圖表的研究人員……研究太陽系星圖的研究人員……擤鼻子的研究人員……把餅乾泡進茶裡的研究人員……還有用原子筆尾端挖耳朵，趁沒人注意時把耳屎吃掉的研究人員。

這裡是**研究中心**。研究團隊中最有研究人員精神的研究人員都在這裡，共同解決只有研究人員才有辦法解決的研究難題[1]。

夏克博士用命令的口吻對著研究人員大吼。

「各位！我剛才靈機一動，冒出一個想法。這個想法天才到會讓你們可悲的小小研究人員腦爆炸！火箭鼻錐不該設計成圓形，你們這些白痴！應該做成尖的才對！」

露絲嘆了口氣。又一個討厭的大人。與此同時，太空男孩拿走研究人員手上的噴燈。「我需要一塊大小跟廚具差不多的金屬來塑形。」

「這裡剛好有一個！」露絲尖聲說，低頭望著尤里的打蛋器義肢。

「汪汪汪！」尤里大聲抗議。

「我會再幫你做新的義肢！我保證！」

1 如果你偏愛「研究人員」這個詞，那這本書很適合你。研究人員，研究人員，研究人員。

「**汪汪！**」尤里低聲咆哮，心不甘情不願地翻肚，讓露絲把打蛋器拆下來。

「謝謝你，我最愛的小毛球。」她一邊撓牠的肚子，一邊將打蛋器遞給太空男孩。

他立刻開始動工。

滋滋！

沒多久，他就將金屬熔化塑形，做出又尖又完美的火箭鼻錐。

只要安裝上去就行了。

問題是……**火箭真的能成功發射嗎？**

41 新鼻錐

露絲、尤里、太空男孩跟著**夏克博士**來到平臺頂部，後方還站著一名研究人員。一樓的研究人員全都停下手邊的事，一個接一個抬頭望著太空男孩將新鼻錐焊接到火箭上。一種超脫塵俗的靜謐籠罩著太空中心。

除了噴燈的嘶嘶聲外，什麼都聽不見。

嘶！嘶！嘶！

火花如煙火般從天花板上落下。

劈啪！劈啪！劈啪！

最後，露絲仔細檢查鼻錐，點點頭。

「汪汪！」尤里吠叫表示贊同。

「完成了，瞎克博士。」太空男孩詭異的**外星人**嗓音說。

「是**夏克**！」

「夏克博士！抱歉！你的火箭可以飛了！」

「太好了！」博士說。「**好極了！**」他伸出一隻機械手拍打金屬箱身軀，充當掌聲。

砰！砰！砰！

不過，他做不到的事，研究人員替他做了。大家扯開喉嚨，激動鼓掌歡呼。

「**萬歲！**」

「準備發射！」**夏克博士**說。

就在這個時候，門口傳來一陣騷動。太空中心盡頭的金屬大門緩緩滑開。

鏗啷！

梅傑斯少校帶著一群人衝進來。

「住手！」少校一邊大喊，一邊拿著冰敷袋按著頭。

「你這話是什麼意思？」博士怒喝道。他真的很討厭被打斷。

「夏克博士！」梅傑斯少校在一樓大聲說。「太空男孩不是太空男孩！這個人認識他！」

「沒錯！」一個老人拄著拐杖，腳步蹣跚地走進來。「他不是**外星人！他是我孫子！」**

42 響亮的噗噗聲

「爺爺！」太空男孩失聲驚呼。

「凱文！你居然偷拆我曳引機的引擎，拿去製造什麼愚蠢的飛碟！」老人高舉拐杖指著孫子。「等我抓到你，你就有得受了！」

爺爺用力揮舞拐杖，發出嗖嗖嗖嗖嗖嗖的聲音。

嗖嗖嗖！

「沒錯！」一名正在修復飛碟的研究人員高聲表示。「這東西絕對不是來自外太空。裡面裝的是曳引機的引擎！」

夏克博士氣到頭頂冒煙，玻璃罐裡煙霧彌漫。

「馬上給我脫掉頭盔，太空男孩！」他怒吼。「讓我們看看你的臉！」

看樣子已經瞞不住了。事已至此，他除了坦白，沒別的辦法。他望向露絲；露絲點點頭，尤里也點點頭。於是，太空男孩拿下頭盔，對夏克博士露出笑容。

「呼！謝天謝地！」他換回平常那個音調略高的聲音。「戴著頭盔實在有夠悶熱！**你好！**」

「少跟我說什麼**你好**！你自以爲騙得過偉大的**瞎克**——我是說，**夏克博士**嗎？」

「他是騙過了啊！」露絲做了個鬼臉。

「**閉嘴！**」博士喝斥。

「你明明就被騙得團團轉。」

「你們都被我們騙了！」凱文補上一句。

「我可沒有，孩子！」爺爺大喊。「你和**總統**對談的時候，我在電視機前認出了你那討厭的聲音！」

「你沒聽到我跟他說什麼嗎？」凱文反問。

「什麼意思？」

「你根本沒在聽！我說，生命的意義就是別當個**笨蛋**！爺爺，你是個

大笨蛋！」

不出所料，爺爺聽了勃然大怒。

「你被**禁足了！一輩子都不准出門！**」

「不准出門？我現在不就出門跑到外面來了嗎？」

凱文頂嘴。

「呵呵呵！」露絲咯咯輕笑。看凱文嗆他爺爺實在是太有趣了。

「留著講給警察聽吧，孩子！我帶了警長過來！」

「**也就是我！**」警長插話，甜甜圈屑噴得到處都是。「我在此以假冒人類的罪名逮捕這名**外星人**！等等，還是假冒**外星人**的人類？」

「露酥！」人群後方傳來一聲呼喊。這個熟悉的聲音，露絲絕對不會認錯。是桃樂絲姑媽。「我在新聞上看到妳出現在**白宮**。馬上給我下來，妳這個討厭的**小鬼！**」

「不要！」露絲高聲說。

「露——酥！我說，馬上下來！」桃樂絲姑媽大吼。**「妳也被禁足了！」**

「我說，不要。不、要！

我不要！」爲了加強語氣，露絲做了所有愛挑釁的孩子都會做的事。她嘟起嘴，發出響亮的噗噗聲。

「噗噗噗噗噗噗噗噗！」

口水如雨點般落到底下的大人身上。

「嗯！」**梅傑斯少校**抱怨。「家母才剛替我把勛章擦亮欸！」

「我要你們三個付出代價！」夏克博士大發雷霆。「拿來！」他伸出機械手臂，搶走凱文手裡的噴燈，把火焰調到最大。噴嘴瞬間冒出**熊熊烈火。**

轟！

火舌噴得又猛又遠，尤里屁股上的毛都燒焦了。

「嗷嗚！」尤里痛得大叫，跳進露絲懷裡。

博士開始後退，打算助跑——更確切地說是「助滾」——衝向他們。

噗噗噗！

他完全沒注意方向，直直撞上那名站在平臺後面的研究人員。

砰！

那個可憐的傢伙就這樣摔下平臺。

「啊！」他大聲尖叫。

幸好，其他研究人員及時接住他。

「他很可能會摔死欸！」露絲不敢置信地看著博士。

「別擔心，我底下的研究人員多得是！」博士回答。「現在，受死吧！」

嗖嗖嗖！

半人半機器的夏克博士火力全開，直直衝向露絲、尤里和凱文！他們隨時都有可能跌落平臺，摔成肉醬。

「快跑！」露絲腦筋動得很快。她抱著尤里，抓住凱文的手，拉著他跳上火箭，踩在新的鼻錐上努力保持平衡。

咚！

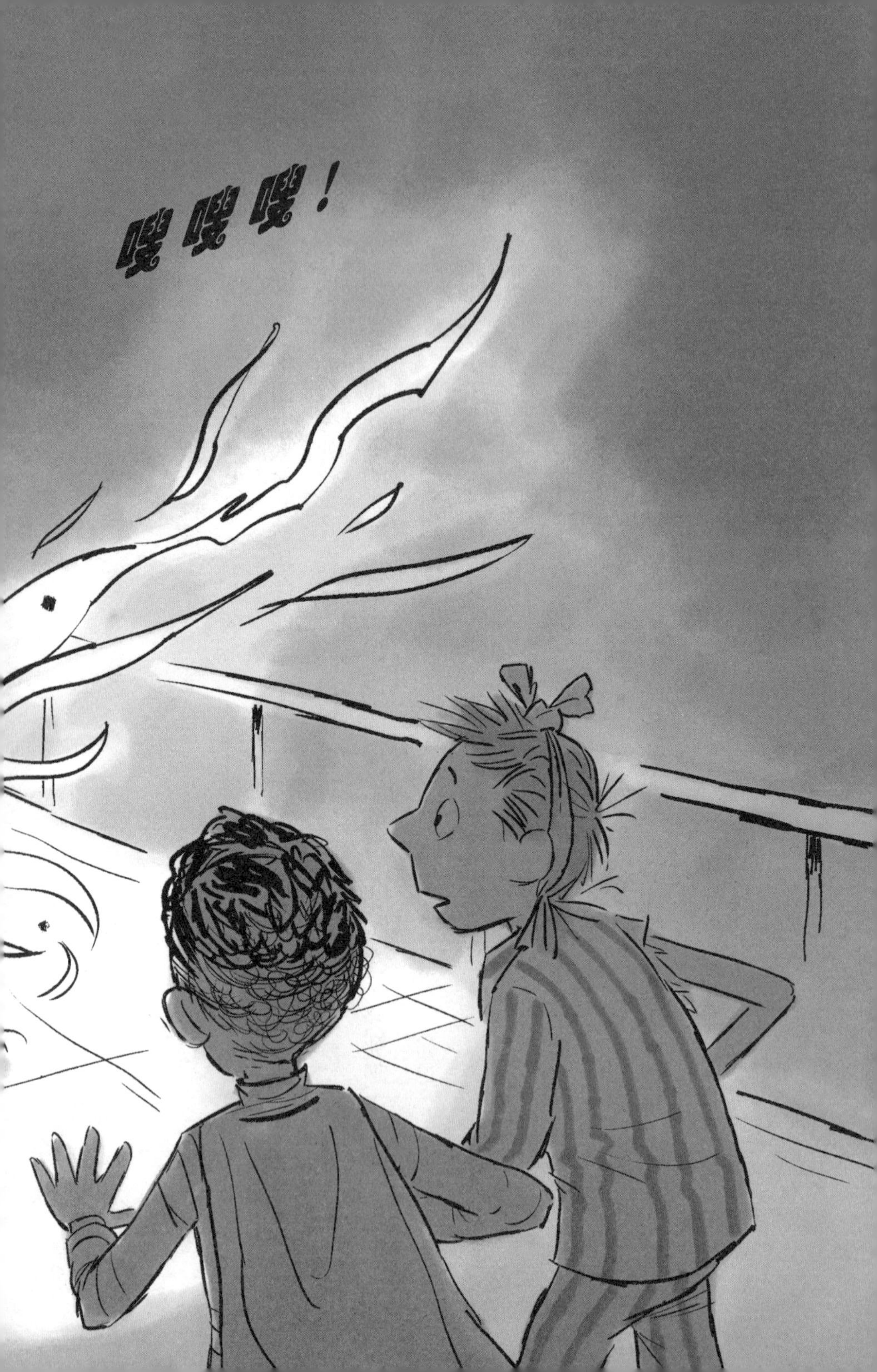
嘍嘍嘍！

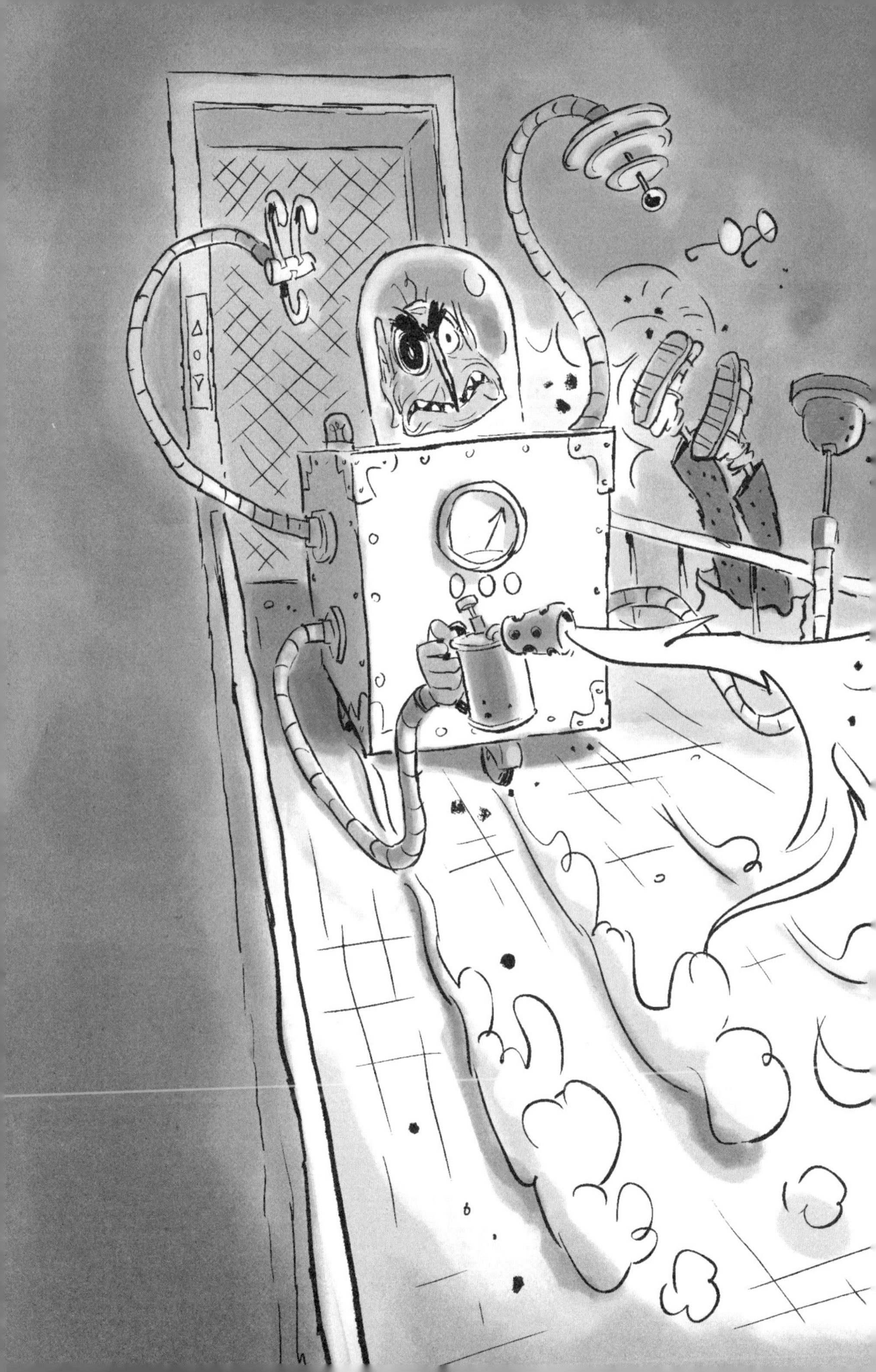

他們搖搖晃晃，好不容易站穩腳步。
由於鼻錐才剛焊接完成，溫度還是很高，
他們沒辦法一直站在上面。

「**哎喲！好燙！燙死人了！**」

露絲那雙破舊的靴子開始**滋滋作響**。

她只好不停跳來跳去。凱文也一樣。
兩人看起來好像在跳節奏超快的踢踏舞。

至於**夏克博士**，他的輪子似乎沒有好好上油保養。他用力踩煞車時，輪子發出了可怕的唧唧聲。

唧————！

可是已經來不及了。
博士飛快衝出平臺邊緣。

嗖嗖嗖！

「研究人員！接住我！」他一邊大喊，在空中不停翻滾。

呼咻！

但這些研究人員叫研究人員是有原因的。他們非常聰明。大家都以最快的速度閃到一旁。夏克博士重重摔落地面。

砰！

他的金屬機身砸得粉碎，零件噴飛到火箭機庫的每一個角落。

鏗啷！叮噹！鏗啷！叮噹！

一位身手特別敏捷的研究人員及時接住裝著博士人頭的玻璃罐。

「謝謝。」夏克博士道謝。「好了，各位研究人員！拿起手邊可以用來當武器的東西，幹掉他們！」

研究人員紛紛抓起各式各樣的東西當武器，像是……

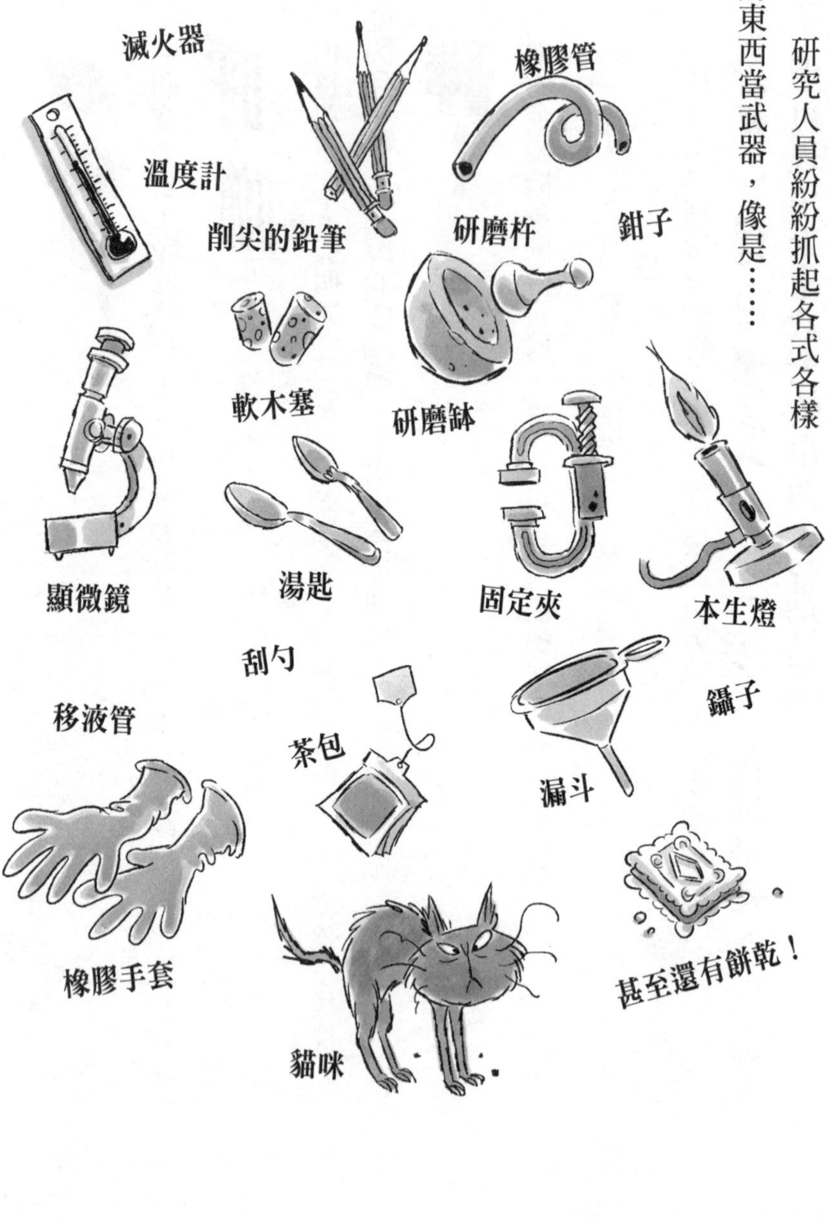

研究中心簡直跟軍火庫沒兩樣。只是餅乾還沒用來當武器就被吃掉了。

啊姆！

「很好！」罐子裡的博士人頭說。**「快進電梯！徹底殲滅他們！一個都不留！」**

43 研究人員的屁股

博士一聲令下，所有研究人員立刻衝進電梯，另外幾個大人也硬是鑽進去，感覺塞到快爆炸了。大家全都擠在一起，搞不清楚那是誰的手臂，那又是誰的腿。沒多久就開始有人想搔頭卻搔到別人的頭、捻到別人的鬍子，或是挖到別人的鼻子。

露絲、尤里和太空男孩在**滾燙**的火箭鼻錐上跳來跳去，電梯則停在一樓動也不動。

金屬籠裡瀰漫著一種令人不安的沉默。「天啊！」玻璃罐裡的博士人頭率先打破寂靜。「我們不能整天杵在這裡！**拜託誰按一下按鈕好嗎！**」

「要不是被這個研究人員的屁股擋住，我早就按了！」一個悶悶的叫聲傳來。

「那不是我的屁股！是你的屁股！」另一個聲音大罵。但這句話一點幫助也沒有。

最後，一名研究人員用鼻子按下按鈕……

叮！

「哎喲！」

……電梯開始上升。

「你們逃不了了！」【稍大】博士對著慢慢踏上平臺的他們大喊。

「快！快到**火箭**裡面！」露絲說。

「什、什麼？」凱文不敢置信。

「反正地球上已經沒有什麼好留戀的了。你真的想留下來跟糟糕的爺爺一起生活嗎？來吧——這是我們從小到大的夢想啊。」

「妳的意思是要……乘著火箭上太空？」

「沒錯！」

「可是我們又不曉得該怎麼駕駛！」凱文說。

「只有一個方法可以找出答案！」

「妳瘋了嗎！」

「**我**瘋了？」露絲沒好氣地說。「你還自製飛碟發射升空欸！」

「我想我大概也瘋了！」

「所以我很喜歡你啊！就是因爲這樣，我們才會變成朋友。」

「我們……是朋友？」凱文問。

「對！」露絲回答。「不管你是不是**外星人**，都是我見過最瘋的傢伙！」

「妳才瘋咧！」

「我們都很瘋！**瘋子最**

酷了！」

電梯門就要開了，一群憤怒的大人即將蜂湧而出。

「要是現在不走，就永遠走不了了！」露絲催促。

「好，來吧！」

「汪汪！」尤里附和道。

他們連跑帶跳地來到駕駛艙外，用力撬開艙門。

電梯已經抵達火箭平臺。

梅傑斯少校、桃樂絲姑媽、爺爺、警長、研究人員，以及臉貼在玻璃罐上的**夏克博士**全都面容扭曲、惡狠狠地瞪著他們。

電梯門往旁邊滑開。

匡啷！

那群大人滾到平臺上，朝露絲、尤里和凱文逼近。研究人員揮舞著各式各樣的武器。

他們三個鑽進駕駛艙那一刻，不幸的事發生了！爺爺一把攫住凱文的腳踝用力拉。

「救命啊！」凱文大喊。

露絲立刻轉身，抓住凱文的手腕。

她和凱文的爺爺展開一場致命的拔河比賽。之所以致命，是因爲若他們倆同時鬆手，太空男孩就會墜落地面，變成**肉醬男孩**。

「不要光站在那裡！」

夏克博士命令道。**「快去幫爺爺！」**

研究人員、**梅傑斯少校**、桃樂絲姑媽和警長匆匆跑過去，你拉我、我拉你，在爺爺身後形成一條長長的人龍。他們開始使勁拉。露絲的力氣雖大，卻還是敵不過二十個大人的力量。

凱文慢慢被拖回平臺。「我逃不了了！」他大叫。「露絲，**妳快走！**」

「不行！沒有你，我哪裡都不去！」她喊道。**「尤里！快想想辦法！」**

這隻三腳小狗聰明絕頂，知道該怎麼做才能拯救凱文。牠從露絲肩頭跳下來，沿著凱文的手臂、背部和大腿跑過

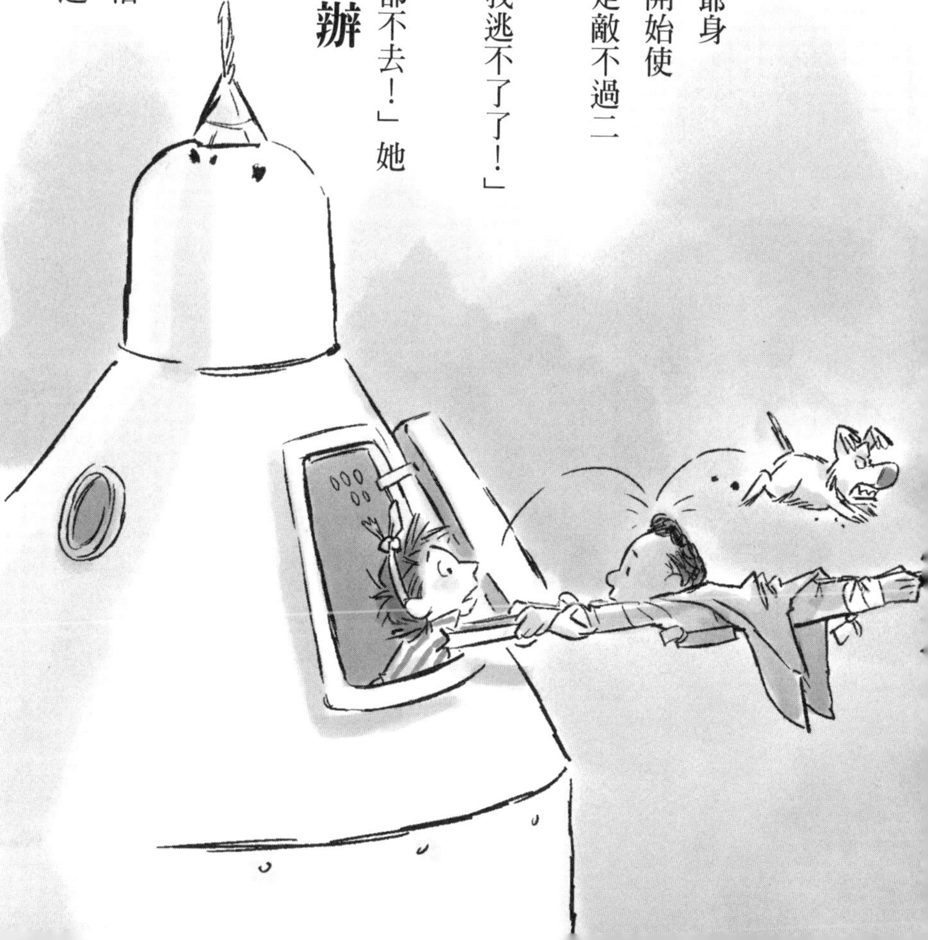

去，跳到平臺上，然後轉過身。爺爺的屁股就在牠眼前。尤里張大嘴巴……

狠狠咬下去！

銳利的尖牙深深刺進爺爺的屁股。

咬！

「哎喲！」爺爺痛苦尖叫，忍不住鬆開手。後面的大人一個接一個跌坐在地。

「噢！」

「哎喲！」

「啊！」

露絲飛快將凱文拖進駕駛艙。現在他安全了，換尤里被困在平臺上。

「汪汪汪！」尤里大叫。

桃樂絲姑媽一把抓住尤里的尾巴。

「嗷嗚！」牠痛得哀號。

尤里拚命**扭動身子**想掙脫。邪惡的桃樂絲姑媽緊抓著狗尾巴不放。

「汪汪！汪！汪汪！」

「那個女孩的心軟得很，」桃樂絲姑媽說。「絕不會丟下她心愛的小狗！」

她說的沒錯。

露絲好掙扎。她受不了這些可怕的大人，不想在地球上多待一秒，但她絕不可能丟下尤里，讓牠獨自面對這群怪物。

「過來啊，愛哭鬼！」桃樂絲姑媽大喊。

露絲把頭探出艙門。

「妳現在打算怎麼辦哪？」桃樂絲姑媽問道。

露絲對眼前這位老太太恨之入骨。姑媽總是把快樂建築在她的痛苦上，讓她過著悲慘的生活。露絲下定決心，不會讓她得逞。**絕對不會。**

她將自己的安全拋諸腦後，從**火箭**上縱身一躍，跳上平臺。

咚！

「把我的狗還給我！」她說。

「想得美！」

桃樂絲姑媽回答。

尤里扭來扭去，低聲咆哮。

「汪汪汪！」

研究人員揮舞著武器，衝上前包圍露絲。

雙方僵持不下！

「太空男孩！」露絲大喊。

「應該是凱文才對，不過沒差啦。怎麼了？」他把頭探出駕駛艙。

「準備**發射！**」

「這樣你們全都會死！」他大聲說。

「我說，準備發射！這是命令！」

44 發射

凱文臉上寫滿震驚，但他還是低下頭，回到駕駛艙。

沒多久，火箭開始發出低沉的隆隆聲。

轟隆轟隆轟隆轟隆轟隆轟隆隆！

緊接著，駕駛艙喇叭裡傳來一個像機器人的聲音。

「火箭系統啟動」那個聲音說。**「一分鐘後發射。倒數計時開始。」**

研究人員慌張地繞圈子。

「我們得離開這裡！」

「而且要快！」

「是超快！」

「這個地方會變成煉獄！」

「走！搭電梯！」

一群人急忙帶著**梅傑斯少校**、桃樂絲姑媽、警長和爺爺擠進電梯。桃樂絲姑媽被拖走時，露絲趁機把尤里拉回來，緊緊抱在懷裡。

「妳再也不能罰我禁足了！」露絲說。

「坐那東西會讓妳丟掉小命的！」

「我不在乎。這是我從小到大的**夢想**！我要飛向太空，把妳遠遠拋在身後。而且我的**夢想**就是我的，我一個人的！妳永遠無法奪走！永別了，妳這隻討厭的老鱷魚！」

「嘶！」老鱷魚嘶聲咆哮。

「天哪，拜託誰按一下按鈕好嗎！」電梯裡傳來一聲叫喊。

一名研究人員用屁股按下按鈕，電梯開始運轉。

「**四十五秒後發射**！」機器人嗓音在太空中心裡**迴響**。

電梯持續下降，可以聽見裡面傳來不耐煩的抱怨聲。

「這東西不能再快一點嗎？」

「狂按按鈕試試看！」

「是不是有人放屁啊？」

「呃，對，對不起。是我。我太緊張了。」

「你這個混帳，居然直接往我臉上放！」

露絲抱著心愛的狗狗，轉身離開。

「三十秒後發射！」就在她準備跳上火箭時，一個聲音讓她停下腳步。

「祝你們好運！」

露絲飛快轉身。原來是**夏克博士**的頭在講話。一定是剛才場面太混亂，所以研究人員忘了帶走罐子。只見玻璃碎裂一地，博士的頭也滾了出來，像條被釣到的魚一樣躺在那裡，呼吸著最後幾口空氣。

「你說什麼？」她問道。

「祝你們好運！」他重複一次。

「謝謝。可是……為什麼？」這個邪惡天才的語氣突然變得好溫柔，讓露絲大吃一驚。

「我從小就**夢想**乘著自己建造的火箭飛上太空，但這個夢如今會隨著我一同死去。現在這是你們的夢想了。**好好珍惜。」**

「我會的。我保證。」

「抵達太空時，別忘了按下**紅色按鈕**，拋棄燃料槽，不然火箭會解體，你們都會沒命！」

「謝謝。」露絲嘴上這麼說，心裡卻還是有點懷疑，不曉得該不該相信他。

「太空的景色很美。一種永無止境的美。」

「就像宇宙本身一樣。」

「沒錯。**你們一定會有一場很精采的冒險！**」

「十五秒後發射！」

電梯來到一樓。門一打開，所有大人都以比火箭還快的速度逃出太空中心。

「露絲！快點！」凱文在駕駛艙裡大喊。

「再見，**瞎克**——我是說，**夏克博士**！」她說。

「再見，露絲小姐！」

「十秒後發射！」

露絲抱緊尤里開始助跑，奮力一跳。

咻！

「九！」

他們一起飛越空中，跳到火箭上。

咚！

「八！」

露絲落地的方式不對，腳沒站穩。

「七！」

「太空男孩！快幫幫她！」博士大喊。

「六！」

凱文立刻從駕駛艙探出頭。

「五！」

就在露絲和尤里往前傾的時候……

「啊！」

「汪！」

……凱文及時抓住她的手。

「四！」

他使盡全力把他們拉上來……

「三！」

……拖進駕駛艙。

「三！」

下一秒，艙門瞬間關上。

「二—！發射—！」

45 紅色按鈕

駕駛艙是個狹窄的圓錐形空間，裡面有一大堆按鈕、儀表板和顯示器。

「繫上安全帶！」凱文在火箭的轟鳴聲中大喊。**「G力會強到不行！」**

沒錯。高速發射升空的壓力讓他們的臉變得像**果凍**一樣。

他和露絲及時繫好安全帶。

喀！喀！

火箭撞穿太空中心的天花板。

砰！

噴出的火焰燒毀了底下的一切。

呼！

從槍裡射出來的子彈，大概就是這種感覺吧，露絲心想。

她從火箭側邊的圓形小舷窗往外望，向桃樂絲姑媽揮手道別。

「我被禁足了是嗎？」她大喊。

她的話語淹沒在火箭的**轟鳴聲**裡，桃樂絲姑媽根本聽不見，但她依舊憤怒地揮舞拳頭，望著天空。那隻老鱷魚，還有地球上所有人，都再也不能傷害她了。這是露絲這輩子第一次覺得好輕鬆，身體和心頭的沉重感全都消失了：一是因爲沒有人給她壓力；二是因爲火箭穿過地球大氣層，衝向外太空，讓他們進入無重力狀態。

火箭開始劇烈搖晃。

嘎嘎！
整個火箭感覺好像快要解體，變得四分五裂。
「那個紅、紅色按、按鈕！」
「什、什麼？」
「**夏克博士**說要按下**紅色按鈕**拋棄燃料槽，不然我們會死、死掉！」
「這可能是陷、陷阱！」
「我也是這麼想！」露絲臉上掠過一絲恐懼。

「說不定那個**紅色按鈕**是火箭的自毀裝置。」

「真的嗎？」

「每艘火箭都有自毀裝置。這個按鈕可能會把火箭**炸成碎片！**」

「可是如果**不**按，說不定就換我們被炸成碎片了！」

「要是我知道該怎麼做就好了！」凱文在吵雜的噪音中大喊。「我唯一駕駛過的太空船是一艘陽春的自製飛碟。」

「而且升空沒多久就墜毀了。」

「現在不是損我的時候，露絲！」

「我們**一起**按下**紅色按鈕**吧！」露絲提議。「這樣太空船爆炸既不是你的錯，也不是我的錯。」

「有道理！」凱文咧嘴一笑。

嘎嘎！嘎嘎！嘎嘎！

「一！二！三！**按！**」露絲大喊。

可是他們的手太短，兩人都搆不到按鈕。

「**不！**」繫著安全帶的露絲在座位上掙扎，高聲吶喊。

「**這要怎麼解開啊？**」凱文拚命扭動身體。

嘎嘎！嘎嘎！嘎嘎！

露絲忙著跟安全帶搏鬥，一時鬆手放開尤里。

尤里不停划動三條小腿，在駕駛艙裡漂來漂去。

露絲靈光一現。尤里可以自由活動！「**尤里！快按下紅色按鈕！**」

嘎嘎！嘎嘎！嘎嘎！

尤里腳一蹬，從駕駛艙天花板往下漂，朝**紅色按鈕**前進。牠用鼻子輕推按鈕。

嗶！

46 飛向無垠

接下來停頓了好長一段時間。

火箭猛地震了一下，好像有什麼東西彈射出去。

從舷窗往外望，可以看見巨大的燃料槽緩緩漂進太空。

嘎嘎聲瞬間停止。這是長久以來第一次，感覺一切都歸於平靜。安全、寧謐，彷彿沒有任何人事物能傷害他們。

「夏克說的是實話！」凱文開口。

「對，」露絲回答。「我猜他大概是希望**有人**能體驗太空的神妙吧。就算是**我們**也沒關係！」

「妳看地球！」凱文驚呼。

露絲沿著他的視線望過去。只見一個藍色與綠色交織的美麗球體漂浮在太空中，看起來意外地小。

「哇！」她驚訝地張大嘴巴。「沒想到地球居然這麼美，完全超乎我的想像！」

「眞的好美喔。一想到那裡管事的大人老是爭鬥不休，就覺得很扯。」

「對啊，」露絲同意。「從太空遙望，地球看起來**好寧靜、好和平。**」

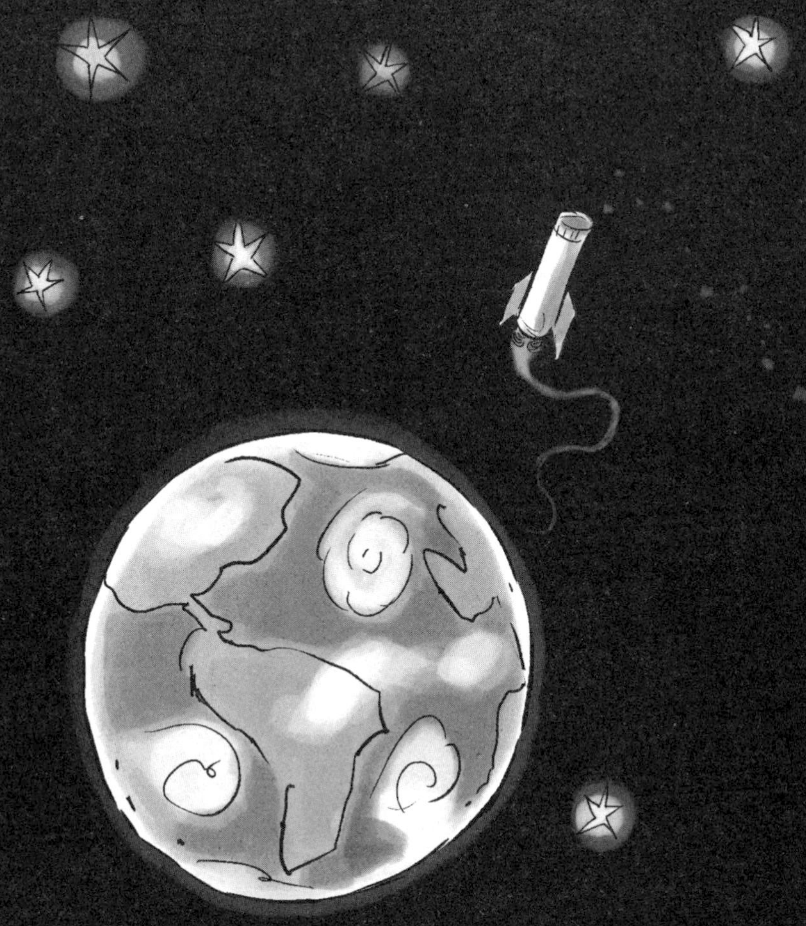

「如果那些**笨蛋**看到地球有多完美，妳覺得他們還會想用戰爭來摧毀它嗎？」

「**絕對不會！**至少有十億年都不會。你說的對……」

「**別當個笨蛋！**」他們異口同聲地說。

「**汪汪！**」尤里附和，三條小腿在空中划個不

停。「接下來要去哪裡？」凱文問道。

「先繞著宇宙轉一圈吧，**太空男孩**。」

凱文揚起微笑。他喜歡這個名字。「聽起來很棒……**太空女孩**！」

露絲臉紅了。她喜歡被稱作太空女孩！

太空男孩拉動操縱桿；太空女孩踩下油門；**太空狗**搖著尾巴，敲了一下閃爍的藍色按鈕，然後……

咻！

我們的三位主角，就這樣一起飛向浩瀚無垠的宇宙。

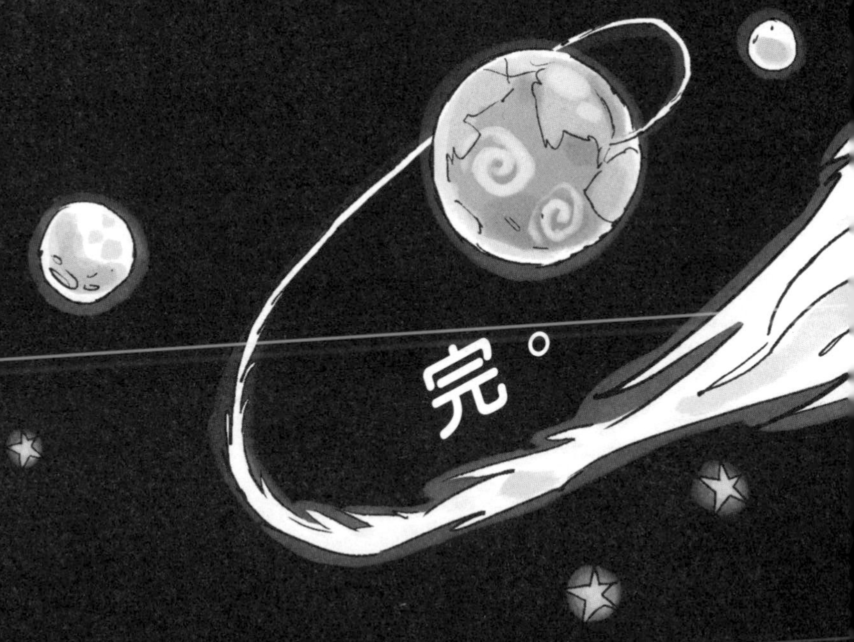

完。

太空競賽

《搶救太空男孩》是大衛．威廉虛構、創作出來的故事，太空競賽則是歷史上真切存在的事實。以下是美國與蘇聯太空競賽的十大關鍵時刻。太空競賽始於一九五零年代中期，直到一九九三年蘇聯解體後才畫下句點。

一九五七年十月

蘇聯：發射第一顆人造衛星**「史普尼克一號」**進入地球軌道。

一九五七年十一月

蘇聯：將一隻名叫「萊卡」的狗送上太空，為人類太空飛行鋪路。萊卡是第一隻繞地球軌道飛行的動物，現今莫斯科仍矗立著一座用來紀念牠的小紀念碑。

一九五八年一月

美國：發射第一顆裝載太陽能電池的衛星「**先鋒一號**」進入地球軌道。此為目前存於太空中最古老的衛星。

一九五九年八月

美國：衛星「**探險者六號**」從軌道拍下第一張地球照片。

一九五九年九月

蘇聯：發射「**月球二號**」探測器，為史上第一艘觸及月球表面的太空船。同年十月，月球三號拍下第一張月球背面的照片；前所未見的影像讓大家興奮不已，引發熱烈討論。

一九六一年一月

美國：持續進行「水星計畫」，將黑猩猩「漢姆」送上太空。漢姆是第一隻踏足宇宙的靈長類動物，該次飛行時間持續了十六分三十秒。完成任務後，牠住進華盛頓特區的國家動物園，在那裡生活了十七年。

一九六一年四月

蘇聯：**尤里・加加林**（露絲心目中的英雄，也是她替寵物狗命名的靈感來源）成為第一個上太空的人類。返回地球後，**加加林**被奉為民族英雄，成為家喻戶曉的名人。

一九六一年五月

美國：蘇聯送人類上太空三週後，艾倫　薛帕德就駕駛**「自由七號」**太空船，從**卡納維爾角**發射升空（露絲與太空男孩也是從這裡展開屬於自己的太空冒險），進行美國首次載人太空任務。

一九六三年六月

蘇聯：太空人瓦倫蒂娜　泰勒斯可娃成為史上第一位上太空的女性。她不僅繞地球飛了四十八圈，更是迄今唯一一個獨自執行太空任務的女性。

一九六九年七月

美國：**「阿波羅十一號」**發射升空，指揮官尼爾　阿姆斯壯與登月小艇駕駛員巴茲　艾德林成功寫下人類首度登陸月球的里程碑。他們踏上月球表面那一刻，全球有數以億計的觀眾透過電視收看實況轉播——「我的一小步，是人類的一大步。」